微型小说集

面圆

刘厚勤 著

北京日报出版社

图书在版编目（CIP）数据

面具：微型小说集 / 刘厚勤著 . -- 北京：
北京日报出版社，2018.8（2020.2重印）
ISBN 978-7-5477-2741-6

Ⅰ．①面… Ⅱ．①刘… Ⅲ．①小小说－小说集－
中国－当代 Ⅳ．①I247.82

中国版本图书馆 CIP 数据核字（2018）第 109148 号

面具 微型小说集

出版发行	北京日报出版社	
地　　址	北京市东城区东单三条8-16号东方广场东配楼四层	
邮政编码	100005	
电　　话	发行部：（010）65255876	
	总编室：（010）65252135	
印　　刷	成都市兴雅致印务有限责任公司	
经　　销	各地新华书店	
版　　次	2018年8月第1版	
	2020年2月第2次印刷	
开　　本	165毫米×235毫米　　　1/16	
印　　张	18	
字　　数	300千字	
定　　价	59.80元	

目录
Contents

生命之光

　　二十年前的一个深夜，风雨交加，摇曳的树枝互相碰撞着"吱嘎"作响。县人民医院手术室内，一台外伤手术正紧张有序地进行着，主刀刘医生、护士小丽、实习医生小李等配合默契。

　　一小时前，医院急救车拉来了这个不幸遭遇车祸的中年男人。

　　情况万分危急，时间就是生命，绿色通道一路绿灯，最短的时间里中年男人得以施救。

　　无影灯下，手术进展顺利，实习医生小李对带教的主刀刘老师精湛的技艺仰慕不已，感叹唏嘘。

　　……

　　"快，止血！"刘医生话音未落。

　　"啪！"无影灯熄灭了。

　　"啊，停电了！"大家异口同声。

　　窗外漆黑一片，只听到风雨声交织嘶哑。

　　"大家不要慌，一定沉住气，原地不要动。手术·绝不能耽搁！我来想办法。"刘医生用胳膊肘杵了一下身边的小李说："快！手电筒。"

小李心领神会，凭着记忆，慢慢退出手术台，摸索着来到手术室内线电话旁："喂，手术室停电，快送两个手电筒！"

"有电线被刮断了，正在抢修，估计要一个小时，能等不？"

"一秒都不能等！快，一定要快！"

不到五分钟，院办紧急送来四个手电筒。

整整一个小时过去了，小李没上手术台，举手电筒的手臂手腕几乎僵了，他却不敢有半点懈怠，一直在钻心的麻木疼痛中坚持着、坚持着，脸上冷汗涔涔，直到手术顺利完成。

车祸伤者得救啦！得救啦！

圆满完成实习任务毕业后，小李回到鲁西南偏僻的老家的县医院工作。岁月匆匆过，一晃二十年，如今的小李已是县人民医院一名优秀的业务院长、主任医师。

小李说："那年，那台停电后的手术让他终生难忘！面对困境，带教老师冷静沉着，'救死扶伤'时间就是生命，全力救治患者容不得半点懈怠，是医生都是这样。"

我问他："现在条件好了，应急措施到位，不怕手术中停电了吧！"

当年的小李、现在的李院长说："天有不测风云，人有旦夕祸福，世事难料啊！凡事'居安思危'没有错。不过，医院手术室总备着几个充满电的'手电筒'，快二十年没用过啦！一旦开启，那是'生命之光'啊！"

二叔

二叔患有先天性疾病，自小右腿残疾，家里一贫如洗。五年前，媳妇嫌他穷困，赌气离家出走一去不回，二叔呼天不应叫地不灵，无奈领着一双儿女艰难度日。

前年，市里下派的第一书记宋福来到村里，经过深入细致地摸底排查，把二叔家识别为村里的重点贫困户。那天，宋福书记第四次来到二叔家，问："老哥，俺来帮你摘掉贫困帽，你有啥特长、啥打算？把掏心窝子的话都说出来，咱合计合计，看咋办好？"

二叔从兜里摸出支劣质烟燃上，"吧嗒吧嗒"吸出声响，先瞅瞅自个家破败的院子，又抬头望望天，说："想啊，做梦都想脱贫过上好日子，可……我是个没用的残疾！没文化，身板弱，更没啥你说的特长，如何能脱贫？恐怕俺这辈子都让宋书记您失望了。"

看二叔悲观失望的样子，宋福书记右手扶扶眼镜框，倾身紧握住二叔的手说："扶贫路上一个不能少，放心吧！总会有办法。"

二叔无奈地尴尬一笑："嘿嘿，能有啥好办法？瘸子的腿——没治喽！俺是'哑巴吃饺子——心里能没数'！"

"老哥，咋能这样说。这不，村里根据你家的实际情况，研究决定帮你开一处油坊，我来，就是想征求一下你的意见，看看，行不？"

"呀，真的！能行不？"

"嘿嘿，我看一定行！"

"那……地方、技术、资金？唉，难得很！"

"哈哈，这个你不用担心，俺和村干部研究好了，没地方帮你找地方，没有技术帮你培训技术，没有资金帮你申请无息贷款，还有啥实际困难不？"

"呀，这……"

春意融融花儿开，一个月后的阳光明媚的春日里，一个干净利索不大的地方，脱皮机、加热机、榨油机等摆放得井井有条。伴着喜庆的爆竹声，二叔的"福来油坊"开业了。宋福书记亲自赶来致辞庆贺，不少鼓劲儿喝彩的村民从家里带来了花生、大豆。一时间，二叔的油坊成了欢乐的海洋，村民关注的焦点。

"开业大吉，今儿个第一桩买卖，先加工俺的花生油。"

"嗯，喜庆的日子，俺今天就等着吃这'扶贫油坊'加工的油哩。"

"好好，一个一个来，保准今天都能吃上俺加工的油。"二叔忙得不亦乐乎，热情有加——打着招呼。

"嗨！出油了。恁香！"

"嗯，真香！十里飘香！"

……

二叔心地善良，诚信经营，"福来油坊"开张不久就享誉周边，前来加工花生油、豆油和买油的村民络绎不绝，生意很红火。

一个月后的那个晚上，月朗星稀，儿女早入了梦乡。二叔小心翼翼数着油坊开业一个月来，辛苦赚来的四千二百元纯收入，心涌暖流，喃喃自语："嗯，一个穷困无助的残疾人，能开油坊？嘿嘿，真是想都不敢想啊！帮找房子，提供五万元扶贫贷款，如今……”

　　静谧的夜色里，能听到自己的心跳，二叔辗转难眠。

　　"当当当"，她抖落一身风尘，轻敲那扇熟悉的门。

　　"谁？"

　　"我。"一个女子不大的声音。

　　二叔开了灯，匆忙起身披衣开门。

　　四目相望，杵在门口，二叔鼻子一酸："呀！这些年……"

　　她身心疲惫，眼含泪花，低声地问："我……能进家吗？"

漏"疾"

"人无远虑必有近忧，智者千虑必有一失。"这句话还真应验在了办公室通信员小王身上。

一次，单位组织对离退休干部进行健康查体，准备下发一个书面通知。通知初稿里应该有这样一句话："……据调查，近几年一些老年性疾病呈上升趋势……"

不知是起草通知时漏掉了一个"疾"字，还是小王校对时不小心删掉了一个"疾"字。结果，通知里就出现了"……一些老年性病呈上升趋势……"

通知下发不久，有位老同志打来电话："啊啊……我们都是些辛辛苦苦、兢兢业业干了一辈子工作的老同志，平日里少些尊重也就罢了，可咋就不自爱，一下子得性病的增多了？扯淡！"

"……这次真出错啦！"惊得小王冷汗涔涔。办公室无小事，小事不为成大事，老同志的事，处理不妥，变大事的可能最大！

临近下班，事情反映到主任那里，主任不满的情绪在脸上一闪而过。略一沉思，点上一支烟，猛抽两口，吐出个厚重的烟圈，看着烟圈瞬间变大，又很快模糊散去，便淡定地把手一挥，斩钉截铁地说："小事不小，说大就大。抓紧补救！时间第一，速度第二，加班加点，不漏单位，不漏人，把发下去的通知全部收回来，重印。一刻不停，一定要快，把事情摁死在萌芽状态，更要里紧外松防意外！"

毕竟是自己校对的材料，小王自觉理亏，心里惊恐，却不露声色，诺诺连声。午饭没敢吃，马不停蹄。下午两点上班前，硬是把三十多份通知，一份不落地追了回来。接着火烧屁股般，心急火燎地走向打字室，加上一个"疾"字重印。半小时后，小王把重新印好的通知，再一个一个发到老同志手中，一直忙活到下午六点多才告一段落。

通知事件对小王惊吓不小，以至于晚上做噩梦惊出一身冷汗。惊醒后，小王赶紧开灯，迅速拿起放在床边的一份查体通知，认认真真看了足足有三遍，小心核对确保无误后，才长吁一口气，如释重负，安心躺下。

爱情是个啥

二十二年前，小王十八岁。

燕子和小王同龄，是大学的同班同学，因当时入学排位时，班主任突发奇想，按学生姓氏笔画多少分前后，恰巧两人成了同桌。

一晃，匆匆五年过去了，美好的大学时光就要结束了。

毕业离校时的聚餐晚会上，两人当着同学、老师的面坦率地公开了恋人身份。在同学们惊呼、喝彩、祝福声里，班主任还故意一惊一乍地大声开着玩笑。说起幽默的话。"呀，同学啊！学校是不允许谈恋爱的，你们这保密工作做得好啊，悄无声息瞒过了多少双眼睛，要是我早一天发现了呀，至少也得给你们两个把这位子给动动、调调，是不？呵呵……"

当年，小王放弃了多少人都梦寐以求的留校任教机会，燕子也毅然舍弃了就读城市一家三级医院的工作，与相送的老师、同学依依挥手作别，两人一起回到了小王老家那个偏僻、缺医少药的乡镇卫生院工作。

毕业工作一年后，两人领了结婚证，并约定当年"五一"举行婚礼，一切从简，只叫平日里走动的亲戚。

渐近结婚的日子，他们在卫生院附近租了一间大约十五平方米的东屋，外加一个几平方米的小厨房，月租金二十五元；另外，添置了一张简易的木床、一个菜橱、一个小饭桌和两个小马扎，这就是全部值钱的家当了。

结婚前几天，燕子深情地对小王说："不是还剩下八百块吗？结婚总要给你添置件做新郎的新衣吧。"

小王乐呵呵回着话："行，明天休班，我们一起进城买新衣服去。看看你，昔日漂亮的校花，跟我来到这偏僻落后的乡村，连一件漂亮的裙子都没有，后悔不？"

"哎呦呦，看看我的高才生郎君说的，我后悔了咋地吧！其实，开始还真有点动摇，不仅是来自城里工作的爸妈疼爱不舍的善意劝说，不远千里离家跟你来这个靠'老三件'诊病的卫生院工作是否适应？还多少有点担忧，哪天你这个温文尔雅的白马王了变成个白眼狼欺负我，我可是举目无亲、孤立无援无处说。"

"啊，傻妮子，我会吗？"

"哼，就知道你不敢！考验了你五年，要是心里没点数，我能舍弃优越的条件跟你来？哈哈……"

"哼，还说呢，你来了，我失宠，娘拿你当亲闺女待，记得不？那次因和你拌了几句嘴，娘不依不饶拧疼我耳朵都不算完。还有那天你抢救一个喝农药的邻村病人，一整天没顾上吃口饭，我娘让爹杀了家里的老母鸡，给你炖的鸡汤来回热了好几遍，肉、汤不肯让我尝一点。"

"嗯，那次娘炖的鸡汤真好！哼，看你馋的那个样，要不是可怜你啊，才不会给你剩下那大半碗。"

"唉，咱这农村条件差，群众看病难、看病贵，小病不就医，拖成大病，大病没钱治在家等，耽搁了多少生命啊！'因病致贫、因病返贫'的状况啥时能好转？再说了，你我一人一个月二百多块钱的工资也帮不了多少患者呀。"

"嗯，前村的一位老人还夸你呢，说今年地里种的花生收成好了，一定还上你给他垫付的二十元药费。"

"呀，你咋听说了。我让他不要说出去，这……"

"好了，亲爱的，燕子不但不怪你，还要给你个特别的奖励，过来，过来，靠近点！'么啊……'一个吻。"

"呀呀，我的个娘，能再鼓励一个不？"小王笑的春暖花开。

"哼，得寸进尺了是不？看下次表现，酌情考虑。对了，你说如果当时你选择了留学任教，我留在那家知名的三级医院工作，会是个啥境况？不过，我真的一点都不后悔，正如你决定放弃留校时对我说的，'作为一名医学生，选择去偏僻最需要的地方救死扶伤，是我们的大幸与不幸，贫穷与富有交织，痛苦与甜蜜交融，在追求充实完美的精神生活历程中，不忘初心扎根奉献的这方土地，一定能辉煌我们医者最真实的天空'，这些话一直深深感染着我。"

"呀，动情了，还是谬赞我？面包会有的，一切都会好起来。"

"要嫁人喽，小燕子穿花衣，去买新衣服吧，一人一件最公平。"

县城一家服装店试衣镜前，小王试穿一件看好的西装，含情脉脉的燕子在一旁上看看、下瞅瞅，不是扯扯衣袖、就是整整衣领。

"燕子，你看行不？"

"好，新郎服，就它了。"

小王拿起挂在服装店衣架上的衣服，傻眼啦！进门时摸摸还在兜里，钱呢？"老板你看见有谁动我的衣服吗？兜里装的可是我全部的家当啊！"

"啊，对不起！这人来人往的，没注意呀。"

惊愕中，燕子责怪自己只顾帮小王试衣服，却忽略了装着全部家当的衣服！

钱丢了，已是定局，不管它对你有多么的重要，你又倾注了多么热切的期盼，它确实已盼不回来了。痛恨的是，钱不是不小心弄丢的，而是被可恶之人昧了良心偷去的。

如一场恍惚的梦，碎了小王、燕子想在结婚时穿得体面光鲜一点的念想。他俩搜遍身上所有的衣袋，凑一起还不到五元钱。两人饭没吃，急匆匆回家了。

路上，燕子闪着泪光："我没看好钱，你反倒安慰我，咋没一句埋怨话？"

小王嘿嘿一笑，"小傻瓜，钱算个啥？人生最大的幸福是你爱着你爱的人，你爱的人也深深地爱着你，这比啥都重要！"

"哼，你才大傻瓜、大冬瓜！"幸福的甜蜜里，燕子双眼盈满泪花花。

结婚喜庆的日子，没穿上新衣的小王是新娘眼里最美的新郎……

面具

　　嗨，你的面具掉了！不久前，程自好看过一张很有意思的图，明白了一些很有道理的话。是啊，生活中形形色色的各类"面具"，我们见多了，除了防毒的那种以外，平日里看到最多的就是戏曲中的"假面具"了。月有阴晴圆缺，人有悲欢离合，喜怒哀乐发乎于心，付诸于行，属人之本真面目，无可厚非，可"假面具"就不同了。鲁迅先生曾经说过的"人一阔就变脸"，实为精彩至论。人与人之间相处久了，你总以为有些人变了，其实不是变了，只是"面具"掉了……

　　俗话说浇树浇根，交人交心。亲身经历过，方知深浅；用心交往过，才知善恶。往事恍若眼前，程自好双手抱肩，来回踱着步，心有所思。什么是真？什么是假？用眼看人，容易走眼；靠耳听话，多是谎言。这个世上，时间才能证明一切……

　　那年，初识寒梅，她下身穿一条浅蓝色的九分破洞紧身裤，上身搭配着一条枣红色的短T恤衫，简约时尚，花样灿烂。

程自好说，他和寒梅相爱，属一见钟情。相识那年，寒梅刚大学毕业，居无定所，四处寻找工作。那时他已大学毕业，在离京都市不足百多公里的一个城市的一家不错的事业单位工作两年了。不久，他们相爱了，月下牵手，甜蜜耳语，海枯石烂心不变，相伴到老不负此生。一年后，寒梅在一位同学的热情介绍下，执意去了京都市一家公司上班……

时光匆匆，一晃过了三年。

最近一段日子，程自好隐约觉察到寒梅有意疏远自己，他弄不明白，想不通到底哪里出了问题。

十九日那天，程自好提前给寒梅打了电话。尽管寒梅推脱有事，他还是坚持去看她，不见不散。

程自好是乘十九日晚间的火车来京都的，二十日一早就到了。下了车，他打了若干个电话都无法联系上寒梅，怎么会这样？烦躁纠结中，他招手叫了一辆出租车，行色匆匆地去了寒梅的单位。

"呃，记起来了，你是寒梅的男朋友吧！她昨晚值夜班，离开不过一刻钟。没提前打个电话？她不知你来？"看着满脸沮丧的程自好，寒梅的同事满脸疑惑。

"嗯，打过电话了。可，关机，一直联系不上。求您了，拜托您帮我找找，行不？"程自好明显感觉有点低三下四的味道，为能早点见到寒梅，他不得已放下自尊。

"快别这样，实在对不起！我值班脱不了身，实在不知她去哪了。"寒梅的同事满脸歉意，说着身不由己为难的话。

为什么会这样？能去哪？程自好扪心自问。

一定是去那个餐厅吃早餐了！从寒梅单位出来，程自好想起以前和寒梅相处的日子，她曾多次说过早餐一定要吃，还嚷嚷说这是她每个夜班后养成的习惯。可，如果寒梅没去那个餐厅呢？岂不跑了冤枉路！要是寒梅就在那个餐厅呢？哪怕有一丁点儿希望，都一定去试试。想到这儿，程自好迈出的步子轻快了许多。

寒梅和程自好经常一起吃饭的那个餐厅，吃早餐的人还真多，程自好四处寻觅，望眼欲穿，却见不着寒梅的身影。她是不想见？不愿见？昔日的爱人寒梅到底去了哪？脑子里闪现出的一连串问号，让程自好心跳加快，血往上涌，一种揪心的不祥预感，洪水猛兽般向他袭来……

难道是去那儿了？到了寒梅原来的住处，程自好问遍了曾经熟悉的人，只说寒梅半个月前就搬走了，问及现在的居处，不是摇头，就是刻意回避，像在躲闪着什么。程自好突然想到一个男人，开车接送寒梅一起吃饭的那个男人。上次，程自好没打招呼来京都和寒梅团聚，恰巧在寒梅的这个住处遇到过，当时寒梅娇嗔地说是普通朋友，程自好也没放在心上。后来才知道，这个离异的男人是寒梅单位领导的司机，名叫沈一水，年长寒梅十三岁，至今还单身。

京都市雕塑公园，靠北侧的一片湖水里，绿叶红荷娇媚争艳，轻梦如烟，蓝天白云倒映湖面，关不住的一湖清香，令人心旷神怡。堤边斑斑点点树影下的情侣椅上，娇媚任性的寒梅脉脉传情，嘟着粉嫩的小嘴，不时在沈一水耳边呢喃，偶尔一个带响的香吻，惹得他醉眼迷离。

一阵忘情的拥抱过后，沈一水轻拍怀中娇艳欲滴的寒梅，醋意浓浓地问："心肝宝贝，他来了吗？"

"看你神经兮兮的，谁呀？"寒梅闪烁其词，她心知肚明沈一水问的是谁，也知道此时，程自好一定在四处苦苦寻觅。长痛不如短痛，她狠下心，要尽快彻底忘掉他。

"还能是谁？程自好呗！"

"哼哼，吃醋了？以后在我面前，不要提及他！"

"嗯，要分彻底，别藕断丝连，我保证以后……"

"唉，心早死了，不会再联系！"寒梅轻点头，再次小鸟依人般，温顺地把头靠在沈一水的胸前，很享受地眯了眼，不说话。

沈一水一阵窃喜，顺势搂紧让他朝思暮想、夜不能寐、妩媚多姿的纤细腰肢。她轻吟一声，伸出嫩藕般的小手，蛇一样环紧他的脖子，身体紧紧黏在一起难分离。她仰头把炽热的香唇往上凑，送到他带烟草味的嘴巴上。他低头迎合，舌滑入口，两个人沉浸在忘我的境界里，缠绕一起相互咬磨着，贪婪地攫取、探索着……

"嘿嘿，不害羞，亲嘴呢。"飘来的话，声音不大。

蛇样缠绕一起的身子惊慌中迅速分离，有点夸张、搅在嘴里的舌头也匆忙分开了。她整理一下凌乱的上衣，见一个扎着蝴蝶结，大约六七岁的小女孩，正嘻嘻笑着，调皮地吐着舌头。

"淼淼，快回来！"不远处的秋千上，传来一对青年夫妇亲切的呼唤声。

望着蹦跳着离去的小女孩，寒梅突然若有所思……眼前清晰浮现出她与程自好的第一次接吻……

"我去趟洗手间……"寒梅冲沈一水娇嗔一笑。

程自好寻了一个上午，也没见到寒梅。身心俱疲的时候，他去了小弄堂一个餐馆，草草吃了一碗牛肉面。喝光碗里的最后一口汤，放下碗，闪电一样的念头让他心生不安。难道是和他在一起了？要不，明明知道我已来了京都，咋没主动打一个电话？

程自好抬腿刚跨过小饭馆的门槛，电话铃响了。寒梅的电话："嗯，你在哪？"

"呀，寒梅，你去哪里了？我在你单位附近，去哪找你……"接通电话，程自好刚刚还有的不快和烦恼，瞬间烟消云散。

"嗯，不用了。你我不是一路人，我和他在一起了，你回吧。"寒梅口气坚定，不容置疑，没一点商量的余地。

"呃，你……啥时好上的？"突如其来的变故，让程自好措手不及。

"对不起，你上次来，遇到他开车接我，那时候就已经……只是，当时，我不知如何开口对你说……今天，正式告知你，握不住的沙，撒手吧！"

"寒梅，我不明白，难道相处三年的感情就如此不堪一击！你说过不弃不离相伴一生的呀，咋就变了？你考虑过我的感受吗？"

"这，相处时间久了，人都会变的……"

"那，能见一面吗？"

"没必要，原谅我以前的单纯和无知吧，也谢谢你给了我一个幸福甜蜜的初恋。我不可能再生活在美好的幻想里，也不可能和你一起用我的青春和辛苦去奋斗攒钱，为一套房子的首付而过没有安全感的苦日子，为节省几元钱坐公交、乘地铁的日子，我实在过够了！一切都过去了，如果还爱我，就给我自由吧。"

"你……"

"再见，不相见！"寒梅挂了电话，走出卫生间时，索性关了手机。

"……对不起，您拨打的电话已关机……"

还能再乞求寒梅回心转意吗？程自好自言自语，这到底是为什么？以前，每次来，寒梅都会像只快乐的小鸟，那种给点阳光都灿烂的样子，嘻嘻唱跳着，无比幸福甜蜜的样子，一起牵手去土菜馆，去海鲜馆，去吃竹林猪蹄火锅，还有那家爱吃的水煮鱼……这些不都是昨天的故事吗？可，今天咋就物是人非，今非昔比了？是呀！如寒梅最近常挂嘴边的话，人会变的，时间会改变一切。

时间会改变一切，这才多久啊！一切都变了，变的始料不及，变得让程自好身心隐隐作痛，无法接受。时间是一把戳穿虚伪的刀，它验证了谎言的同时，也揭露了残酷的现实，海枯石烂的誓言，信誓旦旦的承诺，一切都见鬼去吧。路遥知马力，日久见人心。是寒梅变了，还是她的面具掉了？

该来的总会来！只要问心无愧地做人，一切只能听从命运安排。就算感情被欺骗，真爱被玩弄，被敷衍……那又如何？还非得要苦苦追问个谁对谁错吗？程自好感到束手无策，他惨然一笑，有人说人生要看淡得失，倘若认真，你就输了！是这样吗？

唉，为什么当初的"相约白头、海枯石烂"如此不堪一击，终经不起时间的考验？程自好颓唐地坐在路边的石板上，他突然觉得他和寒梅之间的爱情就像织毛衣，恋爱时一针一线是那么用心、用力、用情，小心而漫长，幸福而甜蜜，分手的时候就那么轻轻一拉就散了、乱了、碎了！她心里还会有一丝一毫的牵挂和眷恋吗？他不敢继续想下去，也不愿意再去猜测寒梅的心，他已经彻底被伤透了！虽然曾经风雨同舟、快乐在一起的日子让他刻骨铭心。可，一旦分手，也只能变成或美好或伤痛的回忆了，不是吗？

"人啊！不属于自己的东西，何必要苦苦强求！"天色渐暗，黄昏来临。暮色中，程自好打开心窗，一切都变得美丽起来。伴着一声近似呜咽的长鸣，飞驰的火车载着一颗坚强的心呼啸而去……

出租房子

"庆子，这周回家不？"电话里，爹叫着儿子的乳名，略带些商量的口气。

"回家。上周给您捎的那壶老酒喝完了？还是……"儿子不论是电话里还是当着爹的面，总爱和他开玩笑，"没大没小"。

"没呢，不过也喝去多半了。回来主要和你商量个事……行，你小子说好了来，我就让你娘准备几个你爱吃的可口菜，等你啊。"爹挂了电话，瞟一眼坐在沙发上看电视的老伴说："叫庆子来，也就是走走形式，这事最终还不是'老子'说了算！哈哈。"

"瞎'磨叽'的死老头子，明知儿子啥事都依着你，还'没脸没皮'整这一出，累不累。"娘没好气地数落着爹，眼皮都没抬一下，只顾聚精会神地看电视。

"你懂个啥，这是在充分尊重里求'大同'去'小异'，图个不费'吹灰'之力，'哈哈一乐'就搞定的'水到渠成'。"

那张用了几十年的圆形餐桌上，有娘亲自下厨做的四菜一汤，都是儿子爱吃的。爹说："开吃吧！要不，先整两盅小酒再说事？"

"行，听您的。"

"呲溜"两盅小酒下肚。

"爹，咱家咋还有您拿捏不准、为难的事？"

"你原先居住的那两间房子，也闲置几年了，这几天我也费力收拾干净了，想租给一个在一中读书的农村娃，行不？"

"谁说不行？这房子空着毁坏得快，住上人好啊！"

"不过……这个孩子的爹娘都在外地打工，爷爷奶奶来陪读，没锅没灶的，我想把使用的电饭锅送给他们用，你再给买个新锅，咋样？"

"这可是个好事，早就想给您买个新电饭锅了，这不是怕您说儿子是个'败家子'，没敢买吗？这下好了，您想到儿子心坎里啦！"

"老婆子，你瞅瞅，不是说了吗？儿子是爹肚里的'蛔虫'。哈哈。"

娘接过爹的话茬说："你就瞎'嘚瑟'吧！我还有事问儿子呢。庆子，你原先用的大床和铺盖还有啥用途不？要不，就算捐给租房的用，行不？"

"娘，看您说的这是啥话，这个您做主，我还怕您老不舍得呢。"

"看这懂事的儿，那你娘我可当家做主啦！"

爹叹口气说："只是两个老人和一个上学的孩子，那水电也用不了多少，又和咱是同一个水表、电表连着，不好分开收费，咱就不提了吧。对了，房租收多少？这是个关键所在。"

娘说："这……对门邻居是一月房租二百块。咱咋能和人家比，咱庆子不是那'斤斤计较'小气的人，这农村来租房的不容易，不能收高了，是不？"

"爹、娘，要我说您二老就好人做到底，咋好咋办，咋办咋好。"

"收多少？"爹娘异口同声。

"免了！"

"啊！呀……哈哈，嘿嘿……"

"成！好。"爹和娘像做了件莫大的善事，脸上笑开了花，心里蜜一样。

"来，走一个！"

其乐融融的餐桌上，在慈祥善良的爹娘端起酒碰杯的幸福里，儿子想，爹娘爹娘开心，一切都不是事……

走亲戚

昨天，从县城来了一波人，领头的中年人是位白净微胖的大高个，随同的人都称呼他王会长。

村街里张大爷正眯眼悠闲地晒太阳。小车停下来，王会长和随行的三人下了车，客气地问："大爷，晒暖啊！麻烦问您个事。"

张大爷懒洋洋地睁开眼，微微挪动身子，说："啥事？"

王会长微微一笑："村里患尿毒症的张一民家住哪儿？"

张大爷说："在俺村里数他家贫困，去年他患上尿毒症，每隔一天要去医院透析一次，这医药费压得他喘不过气，生活困苦得很。前面那个胡同左拐，第三家最破烂的房屋是他家。唉，可怜呀！你们找他干啥？"

"走亲戚。"

"啥？俺咋从没听说过他家有城里的亲戚。你们是他家亲戚，咋还能摸不着门？"

"大爷，没骗您，我们第一次来，确实走亲戚。"

"真是亲戚呀，那我这就领你们去。"

到了门口，张大爷"哐哐哐"敲门："一民家媳妇，你家亲戚来啦。"

一民媳妇闻声出了堂屋门，大声应道："大爷，俺家的啥亲戚来了？门没拴，进来吧。"

"你们是？"张一民媳妇环顾一周看花了眼，除了张大爷，其余都是生面孔。

"咋啦！不是你家亲戚？"张大爷见一民媳妇支支吾吾，虎着脸问。

一民媳妇一头雾水，轻摇头。

"来了就是客，屋外冷，快进屋暖和暖和吧！"张大爷给一民媳妇递个眼色，拱手劝让。

"是这样的，我们是县圆梦爱心志愿者协会的成员，得知张一民患上尿毒症，家庭生活困苦，特地来和他家结亲戚。眼看就到年关了，为了让他们家过个像样的年，才赶过来送上五千元慰问金。这以后啊，我们就当亲戚走下去。"王会长边进门边说。

……

"谢谢了，能结上你们这样的好亲戚，俺真是上辈子烧高香了。有了这慰问金，俺家可以过个好年了。"张一民媳妇接过慰问金，深鞠一躬。

躺在床上的张一民紧紧握着王会长的手，泪流满面："天寒地冻，'城里亲戚'来俺家，说啥不能走，甭管好孬，俺一定要管顿饭……"

"俺活了恁大岁数，还没见过这冰天雪地的大冷天，城里的王会长来村里结这个穷亲戚，真是'大姑娘坐轿——头一遭'。呵呵，啥道理？暖心呗！"张大爷笑得眼睛眯成一条缝，竖起大拇指。

离别的站台

三六九，往外走。

郑强说："今年回家过年时，务工单位曾再三叮嘱，尽量早回，凡初五前回来上班的，免费提供一日三餐，每天发放双倍工资。经年离家，一年才回来一次，我想在家里多待两天，好好陪陪爹娘，决定初六不走初九走。"在爹娘深情疼爱的目光里，他一拖再拖，初六初九都没走，明天就是元宵节了，他决定正月十六离开家。

儿子要走了。一大早，娘给儿子下了素馅饺子，还煮了让儿子带在路上吃的鸡蛋。爹"吧嗒吧嗒"抽着劣质烟，执意要送儿去车站。

儿子说："爹，别送了，恁冷的天，来回三十几里路，您这是何苦？"

爹白了儿子一眼，吊起脸生气地说："不送咋成！咱这儿不通公交车，让你自个儿跑着去？爹心疼！再说了，你刚给爹买个新电动三轮，我还能来回练练车，岂不是一举两得！"

大约一个小时的路程，爹骑三轮车带儿子到了车站。

"你先去取票，在进站口等我，我停好车就带行李过去。"

"爹，您回吧。我带着行李去取票就行。"

"快去取票吧，听爹的话。"

半个多小时过去了，儿子东张西望："咋回事？爹还没来，不会有啥事吧！呀，爹来了。"身材瘦小的爹，右肩扛着编织袋，左手拉着行李箱，用牙咬着一张站台票。放下行李，腾出手来，平日里有些抠门的爹，拿着站台票开心得像个孩子："有了这张票，能送你上火车，真好！"

"唉，爹，咱不是说好到了车站您就回吗？还买什么站台票！这不多此一举嘛。"

"从进站到站台还有一段路，春运人拥挤，你一个人扛着编织袋，还要拉个行李箱，能行吗？爹不放心。"

进站时，儿子拉着行李箱，爹扛着编织袋走在前面，不时回头提醒儿子"跟紧点"。

离别的车站，儿子的心事沉重得催人泪下，这样的送别，年复一年，沧桑了岁月，融化了儿子心头所谓的坚强。

车就要启动了，儿子与爹挥手作别。

"儿子，爹可回了。记好了，出门在外，一定要照顾好自己，别让你娘记挂！"

"爹，我知道了！您快回吧！"

儿子望着爹瘦小微驼的身影渐远，泪湿双眼，哽咽无声："爹，放心吧，儿子经年离家，就为了一个梦想，让苦难远走，让自己昂起头有自尊地活着！更是为了让您和娘以后有个幸福生活。"

去往远方的列车开动了，儿子下意识地侧身望窗外。"呀，不是已经走了吗？爹咋还在站台上频频挥着手？"眼泪，再次朦胧了儿子的双眼，郑强的脸紧贴车窗玻璃，自言自语："爹、娘，这个离别的站台，是儿子春天里最美的乡愁！"

咋说好

　　"啪"一团满是汗渍的湿巾纸重重甩在小王脸上。"诚心气'老娘'是不？便宜货你说好，贵一点你说不适合。滚！你不滚，我滚。"小王媳妇嘴里吐着气呼呼的狠话，疯了般双手用力推过来，小王差点跌倒在地。

　　小王媳妇一米五八的身高，体重已超过六十公斤，平日里喜欢逛街买衣服，说白了就是喜欢不花钱试衣服，偶尔买几件回家也多是束之高阁。用她的话说，在衣服店里试穿时好好的，连老板和店员都个个惊讶，夸得花一样。可是回到家，为啥咋看咋不舒心，穿不出样来呢？

　　老公在机关工作，见识广，眼光高，今天正好是周末，让老公陪着去，一定能买到称心如意的衣服。

　　周末，步行街异常热闹。小王帮媳妇提着包，寸步不离，穿梭在各服装店、商场之间。媳妇是这家店里美滋滋地试试旗袍，那家商场穿穿裙子乐此不疲。这都逛了多半条街了，紧紧跟随的小王像个"斗败的公鸡，打败的兵"，包鼓鼓的，钱一分不少。

"老公，这件衣服咋样？"

"媳妇，这件衣服不错，好看！"

"啥眼光。标价才一百多块钱，你也夸好看！就想省你兜里的钱，是不？"

"这件确实好看，为了媳妇你，咱啥时花钱心疼过。"

"这话我爱听，跟我耍'聪明'，借你个胆也不敢。这家不行，去下个店看看。"

媳妇穿上一件米黄色的风衣出来，小王眼前一亮，竖起拇指连连说："好好好！"

"只顾夸好点赞，看价格了没？这件上次我来时就试过，好是好，就是个便宜货，穿出去掉价儿。走，去大商场的品牌店看看。"

······

"这件怎么样？"在试衣间磨蹭了大半天，媳妇出来时挺胸收腹不弯腰。

"看上去挺大方。你放松一下，走几步瞅瞅，自我感觉一下舒服不。"

"略小点，不太合适。不过，试试那件，一准儿行。"

"这貂皮大衣质量确实好。不过，穿在媳妇身上像'圆桶'，多少有点······"

"不就是价格两万六千块，心疼了，不舍了，不会说人话的东西······"于是，"啪"的一声，开头那沾满汗渍、带着怨气的纸团箭一样飞过来······

脾气

　　小王在机关办公室兢兢业业、任劳任怨工作二十年没挪窝，终于"多年的媳妇熬成婆"，一纸任命成了办公室主任。下属恭维道着喜，亲戚朋友透着乐，就连平日里"小王"这称呼，也从提拔的那一刻改成了"王主任"。他只在心里窃喜一番，表面却不露声色。

　　下班已经有一会儿了，办公室的同事早回了家。王主任仍没半点离开的意思，整理好办公桌上认为有必要带走的东西，他起身扩扩胸，抱着手在空荡荡的办公室来回走动几圈，一屁股坐到宽大的沙发上，眼直勾勾盯着自己坐了二十年的"宝座"。

　　"唉……补丁，窗口，形象……恭上迎下，岗位重要，事务繁多！哼，吃不甜、睡不香的日子谁知道？"他叹口气，点上一支烟，想起当初那个"三九天"，刚参加工作，给比他爹还小几岁的领导当通信员，见领导来上班，他屁颠屁颠跟过去，赶紧小心翼翼泡上一杯热茶，双手捧到领导面前。杯里的茶水喝去不到一半，还要赶紧过去添上，领导只顾叼着烟、跷着二郎腿，瞅都不瞅一眼。

王主任吐了个烟圈，又想到那年来了个新领导，烟瘾大，抽的是清一色软中华。那时，他一个月的工资买不了一条这个牌子的烟。可兜里天天装着打火机，领导一摸烟，"啪"一声，打火机跳出的火苗熄灭在领导嘴里吐出的丝丝烟雾里。领导上车前，躬身猫着腰打开车门，上车时要用右手护住车门上沿，生怕领导碰了头、闪了身。领导抬脚上车关了门，这还不能算完事，小车屁股"突突"吐着白烟走远了，才敢松气回屋里。

……

王主任中午没吃饭，就这样想着想着，不觉间听到有来上班的脚步声，他起身带上办公室的门，快步闪进刚给自己腾出的主任室。

一份文件没看完，王主任的手机响了，是农村老家的爹打来的。

"爹，有事吗？"

"没啥大事，你娘非让我来给你送几个咸鸡蛋，她说你好这口。我现在你家门口，门咋敲不开？"

"家里没人，都在上班。爹，你这是瞎折腾啥？去年送的咸鸡蛋一个没吃，臭了，全扔了。以前家里穷，嘴馋，爱这口。现在都是啥时代了，谁还喜欢吃这个。再说，几个咸鸡蛋还不够你来回的路费，这不是添乱吗？真是……"王主任口气生硬，不容电话那头爹应答，口里的话"突突突"机关枪扫射般说着爹。

"这是咱自家鸡下的蛋，原生态，好吃。你尝尝……"

"真麻烦。行行，你等会儿吧！我安排好工作，一会儿就回去。"

挂断电话，稍一平息，王主任感觉哪里有点不对劲。这对待领导一向谨小慎微、毕恭毕敬，为领导倒茶、点烟、开车门……不知重复过多少回。可，从没给爹娘做过一回！这对待自己的亲爹娘，咋还换了个样儿，不"恭"不"敬"了？

"这是养育我的亲爹呀！爹今年七十多岁了，我咋能这样对爹大呼小叫，啥时养成了这狗脾气！"王主任突然心酸、眼涩，暗骂声"忘恩负义"！

"爹，等儿回去……"王主任悔青了肠子，飞奔出门。

父亲的菜园

　　小王父亲的菜园很别致，确切地说是个约二分地大小的大棚，一年四季能种菜，都是儿子小王爱吃的。十五年前，唯一的儿子大学毕业留在了离老家十五公里的县城工作，起初两年还常回家看看，再后来成家立业有了孩子，除逢年过节外，儿子很少回来。

　　小王母亲身体一直不好，是个常年离不开药罐子的老病号。去年春天，父亲不顾母亲劝阻，非要花钱建了这么个菜园，为的是一年四季都能让儿子吃上新鲜的蔬菜。人勤地不懒，第一茬蔬菜喜获丰收，父亲便迫不及待地打电话催促儿子回家采摘。

　　儿子问："就为摘些不值钱的蔬菜吗？"

　　父亲说："我这菜原生态，没使用任何化肥和农药，你要不来采摘，我就搭车给你送去。"

　　儿子说："那您就别瞎折腾了，不值得！有了空，我就回家去摘点。"

　　不等父亲挂好电话，母亲急急地问："咋说的，来不？"父亲点点头，"来是来。可，不知道哪一天？说是得空了就来。"

"唉！这孩子都三个月没进家门了，咋恁忙？"母亲叹口气，脸上透着些许埋怨。

三天过去了，父亲和母亲来到菜园。豆角已经发白变老，或留做种子、或只能蒸着吃了。那最下层黄瓜顶着的嫩花已经枯萎；红彤彤压弯了枝头的西红柿，个别已炸裂露出鲜红的果肉。

"看来真有事，忙啊！要不，这都三天了咋还不来？"父亲摘了两根嫩黄瓜用水洗干净了，递给母亲一根，各自吃起来。

吃完黄瓜，母亲对父亲说："要不过会再给咱儿子打个电话，问问这两天来不？要不，这些蔬菜就变老不能吃了，吃了不疼瞎了心疼啊。"

"不打了。再过几天不来，我就全摘了喂猪，这猪长大长肥了，年节宰杀吃猪肉多香，是不？"

"就知道说一些无用的气话，你舍得？"

又过了两天，儿子开车不到半小时就到了家。菜园里，父亲和母亲忙乎了小半天，大包小包提上儿子的车。

"儿啊，记得吃完了就来摘，别再花钱去超市买啦，咱这菜原生态。"车走远了，欣喜的父亲和母亲还在挥着手没离开菜园。

第二天，儿子来电话了，母亲让父亲开了免提接听。

"从老家菜园里摘回的蔬菜就是好，您儿媳和孙子都给您点赞了！等再过个三五天吃完了，我就抽空回去摘。对了，那个辣椒是我最爱吃的，等红了给我串上几大串晒干晾好，到了冬天放着慢慢吃。哈哈。"儿子乐呵呵的笑声里透着赞美。

"这还夸上你了！要不是在电话里催得紧，还不知道'猴年马月'回趟家呢？"母亲冲一旁眯着眼抽烟的父亲一乐说："出乎意料啊，看来你这菜园起大作用了……"

以后的大段日子，久违的儿子隔三岔五都会来趟老家菜园，采摘喜欢吃的蔬菜，自然也不忘给父母亲捎带些爱吃的零食或水果。儿子高兴常来家，父母乐陶陶心生欢喜。

一天，母亲突然问父亲："咱孙子多久没来老家了？"

"大半年了吧。咋的，想孙子了？"父亲一脸木然。

"想也是瞎想呗！城里多好、多热闹，还不是嫌咱这农村落后，没啥好玩的。"

"你真想让孙子常来吗？"

"常来最好，不常来慢慢都生分了。"

"我有法，一准儿灵。"

"能有啥好法？不信！难道你能硬绑他来不成。"

"强扭的瓜不甜！嘿嘿，过几天，我就在大棚菜园里种上能结出'小娃娃'的人参果，还有孙子爱吃的甜瓜'牛角蜜'……"

爹娘的旅游

不久前我回了趟老家，饭桌上，爹抿了口小酒，试探着问我："你成家立业也有了好生活，你娘这辈子出过最远的门也就是县城，这立秋的天也渐渐凉快了，我想带她到处转转，啥意见？"

"好事啊！爹娘早该享享清福了。"我和媳妇不约而同说着相似的话。

我迫不及待地掏出手机问："爹娘想去哪？我给您查一下，规划个最佳线路，爹您选个好日子，到时候我开车过来接上爹娘就开拔，行不？"

媳妇笑着说："后勤保障工作交给我，保证错不了事。"

"这次旅游我和你娘早就合计好了，你们俩事情多，不用操心了，我们跟旅游团去安全又热闹，你们就负责出个费用就妥了，好不？"

"钱是小事情！可爹娘没出过远门，能行吗？我不放心！还是开车带你们去比较好，这样也好照顾您二老。"

"我们又不是三岁小孩，有啥不放心的。再说，我都和旅游团说好了，时间也定了，咋能变？"爹黑着脸，固执己见。

"儿啊，难道你还不知道你爹那'一口唾沫一个钉'的犟脾气？我看你就依了他，我跟着去，差不了事。"

"那按爹的意思办。出去好好玩，别忘了给我捎点啥稀罕的地方特色来，现在不比前几年，咱不差钱。对了，爹，我包里只有现金一万块，够不够？要不我开车去银行给您多取点。"我不敢惹爹娘不高兴，乐呵呵说着爹娘爱听的话。

……

三天后，我心里挂着爹娘，就给爹打电话，打是打通了，爹却不接电话。我想，这肯定是玩开心了，没听见电话铃声。

谁知，不一会儿爹打过来电话："我和你娘跟旅游团玩得很开心，你就把心放肚子里吧，这不就要开饭啦，炒的是你娘刚从地里摘来的鲜豆角。"

"啥？爹，你们去采摘园了，好好，多吃些原生态蔬菜好。"

"老头子，看你说的啥话？咱是出来旅游了，咋还说我摘豆角炒菜呢？也不动动你那犟脑筋，再多说两句就要露馅了。"

"看我这平时多灵光的脑子，咋就差点吐了实话？明天再来电话，我一定注意。"

第二天，我又去了电话："孩儿他娘，一会儿我问你话，你就顺着我的话答，知道不？千万要灵活机动，不能出啥岔子。"

"行行，你赶紧接听吧。"

"不用老是挂念……对对，我们玩得可开心了。现在正在山上观看一个大瀑布。对对，瀑布可大了。啥？让你娘接电话，好好，这就把电话给你娘。"

"儿啊，你爹说啦，瀑布真大呀！你听哗哗的跟下倾盆大雨似的……"

"你咋还让儿子听瀑布声呢！"爹急中生智，提起身边的筲桶走近拿着手机的娘身边，举起筲桶就向地上浇水，嘴里还不停地喊着："这瀑布的水真大，儿子听得到吗？哗哗的……"

这爹和娘整的是哪出呢？我把电话听筒贴在耳朵上，咋也听不出那"飞流直下三千尺"的瀑布声。嗯，也许娘胆小，离瀑布远，这山上电话信号不好，要不就是我耳背了。

……

"侄子啊！多亏你啦，你让你爹捎的钱，圆了俺娃的大学梦！"

十天后，邻村远房的穷困亲戚，残疾的二黑叔和二婶提着一塑料袋花生、新鲜的红辣椒和十几穗玉米棒子，一大早就风尘仆仆地找到我家，进门就说这千恩万谢的话……

忙

"咣当"一声，老木进了家门就把三套新房钥匙狠狠撂在饭桌上，惊得老伴心头一颤。

"你这是犯啥病了，还是当真疯了？"老伴醒过神来，没好气地大声指责老木。

"我才不会疯呢。忙！整天就知道'忙忙忙'。明天打电话，看他俩有空能回家来看看爹娘不？"老木像受了莫大的委屈，嘴里吐着气呼呼的话。

三年前，老木在郊区的一个半亩多地大小的院子拆迁了。这不，下午三点就领来三套回迁新房的钥匙。他心里思量着明天打电话叫来儿女，商量一下这三套房子的事。虽说如今儿女一个个生活富足、不差钱，可这三套房子自己和老伴也住不完。再说，这人老了，说不定哪天眼一闭、腿一蹬就去了西天极乐世界，房子早晚是儿女的，留上一套和老伴搬过去住，剩余的两套，儿女各一套。这主意老伴同意，应该不会出啥岔子。

第二天一大早，太阳还没升起来，老木就乐悠悠、哼着有板有眼的京剧唱腔，骑着他那辆平日里"收破烂"的老旧三轮车，一路"哐当当"拉着老伴到了城东的菜市场。买好菜回到家，老伴就开始忙着择菜、洗菜，老木一屁股坐在沙发上，拿起电话召唤虽在同一城市住，却许久没照过面的一双"宝贝"儿女。

"儿啊，下了班早点过来，你娘今天要大显身手，做一桌你最爱吃的。另外，还有点事，要和你商量呢？"老木乐呵呵与儿子通着话，话里还透着一丝神秘。

"爹，这上午环保检查正进行，实在回不去。要不，您给我留点，晚上回去吃。"儿子电话里声音不大，看样子是不方便，真有事。

"闺女啊，上午你忙不？你娘今天上午……"

"爹，真不巧，有个客户约好的去吃西餐。要不，咱周末一块儿吃饭？"

挂了电话，老木耷拉着个"驴脸"，像霜打的茄子。

老伴刚刚炖上排骨，来到客厅，见刚才还嘻嘻哈哈的老木一声不吭像个闷葫芦，忍不住凑过去问："咋的啦？都没空，还是……"

"忙，都忙吧。炖好了排骨我们自己吃，吃不完，喂狗！"老木气呼呼地说。

说归说，毕竟父子一家亲，吃饭前老木特意给儿子盛出来一碗排骨，凉了后放到冰箱里，等儿子晚上回来吃。谁知等到夜里十一点也没见儿子的人影，这让一向要强的老木心里很不舒服。

……

"孩儿他娘，把那天买的乌鸡炖上吧，闺女说今天来。"周末到了，老木没忘那天女儿应下的话。

"我这就炖上。儿子来不？要不你给儿子打个电话。"

沉默一会儿，老木不情愿地拿起电话。"今天周末来家吃饭吧，你妹妹也来。"

"爹，你跟娘说一声，让妹妹陪你们吃吧。同事的儿子过生日，我去帮个人场，下次再回家吃。"

没等老木放下电话，老伴小声问："来不？"

"不来，给人家小孩过生日去了，眼里哪还有爹娘。"老木叹着气，手指不停地"当当"敲桌子。

乌鸡炖好了，菜也炒好了，就等闺女来吃饭了。可都十二点十分了，闺女还迟迟未到。老伴有点着急，拉开窗户不停向外面路上瞅。老木在餐厅里像个影子似的来回地晃。

"难道变卦了不成？就算变卦也该事先吱一声！"冲老伴使着性子，老木拿起电话，"咋回事？来不来，就不能说一声。"

"哎呀！爹，我正和同学聚餐呢，这一忙给忘了……"

……

十天后，老伴照着和老木事先合计好的话，分别给儿子和闺女打电话。

"儿子，忙不？上午能回家不？"

"娘，这么忙！哪有空。没别的事我挂了。"

"别，出事了。你爹要把回迁的那三套房过户给别人……"

"啊！千万别……"

"闺女，忙不……"

"娘，忙得连喝口茶水都顾不上，没别的事……"

"别，出事了。你爹要把回迁的那三套房……"

"啊！千万别……"

老伴放下电话，老木问："来不？"

老伴无奈地笑笑，说："来，两个孩子都说了，离家这么近，不出一刻钟准赶到家……"

逮了

王二，从小家里穷，父母走得早，吃百家饭长大。后因脸上坑坑多，村里人叫他王麻子。

二十年前，长大成人的王麻子自立门户，迫于生计，干起卖老鼠药的营生。除了雪雨恶劣天气，他每天都串走在乡村集市、街头卖鼠药，是一个人吃饱全家不挨饿的主。

那天，王麻子草草吃了饭去赶乡里大集。他依旧是左手握着个竹竿，竹竿顶部挂着大大小小几只死老鼠标本，背上斜挎个盛满老鼠药的大布袋子，右手敲打着一对竹板，一路沿繁华热闹的集市吆喝着：

> 老鼠药，药老鼠。
> 保你大小老鼠都逮着。
> 老鼠药，我的好。
> 保你大小老鼠跑不了。
> 抓了，抓了！逮了，逮了……

趁着集市纷乱，一个小偷刚得手的钱包，被王麻子"逮了，逮了"这一通吆喝，吓掉了魂，"啪"的一声钱包落地，有眼尖的人发现，大呼一声"抓小偷"，迅速围拢的赶集群众，不管三七二十一，上去就是一阵拳脚相加不说，还从他身上搜出其他赃物。小偷被打得鼻青脸肿，在同伙趁乱掩护下，他寻了个机会，瞅个人空挤出人群，丧家犬一样落荒而逃。

那个年月，云集在集市上的小偷小摸还真不少，卖老鼠药的王麻子为了生计并非故意"逮了，逮了"的吆喝声，不知吓坏了多少小毛贼，缩回他们行窃的脏手。这，在当地曾一度被传为佳话，有人称他为"老鼠的天敌，小偷的克星"，王麻子不争不辩，心里美滋滋乐在其中。

出乎意料，也在情理之中的惊喜，还是有的。这不，刚才被偷的那位老兄，为感激王麻子，麻溜地在包子铺买来十个热乎乎的大肉包子给王麻子送过来，声声道着谢，非要他收下包子。

王麻子推让一番，最终收下了包子，平日里缺少油水的他狼吞虎咽，不一会十个包子进了饥肠辘辘的胃，他用手抹抹流油的嘴，笑笑说："嘿嘿，谁家能没老鼠？"赶紧从身上布袋子里掏出几包老鼠药，硬往那位送包子的老兄手里塞。

见王麻子满脸诚恳，执意相送，那位老兄只好收下。

散了集，王麻子心情不错，独自哼着小曲往家里赶。

谁知，上午在集市上"偷鸡不成蚀把米"的小偷，吃了亏，不甘心，竟纠集了几个小毛贼悄悄盯在了王麻子的身后。

正午时光，烈日炎炎。王麻子途经一处偏僻、人稀少的洼地时，那个小偷看时机已到，大吼一声："就是他，那个卖鼠药坏我好事的小儿，休走！"

王麻子闻声转身一看，顿时傻了眼。算上那个被打的小偷，共有四个小青年，人人手里拿了根棍棒撵上来，看这阵势，是要往死里报复呀。

王麻子年轻力壮，如果单个挑，自然不怕，可他们一伙是四个人，又在这人烟稀少的荒郊野外，他虽然心里有点怵，却也表现出一副临危不惧的样子迎战。只见他扯扯衣襟，端起竹竿，双目圆睁，大吼一声："俺乃常山赵子龙，上前一步要尔等命！"

小毛贼仗着人多势众，哪里信邪，挥舞着棍棒"吱吱呀呀"号叫着冲过来。

一番混战，大约十余回合，双方各有伤势。

那个舍了命般最凶的小偷，也是受伤最重的角色，他左脸被王麻子用竹竿捅破了一道口子，鲜血淋漓。王麻子不知是被哪个毛贼用棍棒打中了右腿，鲜血染红了裤腿，蹲在地上，一时再难动弹。

那个受了伤的小偷用手捂着脸，恶狠狠叫嚣着："兄弟们，老鼠药不行了，让他长点记性的时候到了，看看他还敢不敢再瞎胡吆喝，断我们兄弟的财路，给我往死里打，不论出了大小事，我担着。"

此时，蹲在地上的王麻子用手捂着钻心疼痛的伤腿，心想如果再战，肯定吃大亏。

"老鼠药？"那个小偷刚才不是叫我老鼠药吗？王麻子灵机一动。

他不顾伤痛腾出手，迅速伸进身上背的大布袋里，把成包的老鼠药一一用力撕碎，紧紧攥在手里举起来，嘴里大声唱着他在集市街头卖老鼠药时的调子："老鼠药，是剧毒。老鼠沾上就中毒，不出三秒准断气。今天谁敢朝我跟前迈一步，你不仁来，别怪我不义，情面一点不留撒过去，保你们个个三秒不出，阎王爷那里报道去。信不信，试一试？"

"啊啊，是狠招！这？"刚刚还气势汹汹的小毛贼，这会个个面面相觑，僵在原地，没谁再敢挪动半步。

"哈哈，小爷我是老鼠王，今天非灭了你！龟孙子，来呀，来呀！"王麻子一手握着带血的竹竿，还故意晃动另一只攥着老鼠药的拳头，底气十足，大声叫喊着。

"哎呀呀，大哥，咱们撤吧！这老鼠药毒得很！万一？"说话的小毛贼脸色陡变。

"哼哼，胆小鬼。咋能听这小儿瞎忽悠，今天老子还不信这个邪！"那个为首的小偷左手捂着流血的脸，右手举着棍子"呀呀"叫着往前冲。

王麻子心头一颤，气血上涌，忽地站起来，举起拳头高声叫喊："大胆的小毛贼，看来是给你活路你不走了，非要今天见阎王，怪不得我了，不怕死的尽管来吧！我……我要撒老鼠药了！"

"呀呀，看来这次是真的！兄弟们，快，快……"那为首的小偷慌忙转头，大声招呼着毛贼兄弟，兔子般落荒而逃……

自那以后，王麻子的腿瘸了，至今也没讨上媳妇。

背娘

　　乡镇驻地星星中学，有一位语文老师叫立本，提及背娘去学校的事，他平静地说："爹去世早，娘患有脑萎缩，生活不能自理。娘老了，身体瘦削，白发添了许多。如能替娘受苦，换来娘一生平安幸福，我愿舍了一切，也包括我的生命。每次背着八十岁的老娘去学校，就像小时候娘背着我一样温暖幸福。"

　　立本今年四十六岁，妻子在离星星中学三十里开外的县城工作，孩子小，全靠她一人照顾。早在几年前娘病重出院后的那个秋天，为了便于照顾好娘，尽管生活不富裕，他和妻子商量，决定在星星中学附近租两间平房，一边教书，一边照顾娘。他还征得学校同意，在离教学楼附近靠墙处撑起一把大伞，伞下铺上草席，他每天背上娘，拿来棉褥子，把娘安置好，再去教室给学生上课。

　　立本背娘上班的孝心感动了善良的房东，不但不收取分文房租，房东做生意的儿子还开来准备淘汰的一辆小型面包车，执意相送。

"不收房租，我已感激不尽，这……这车不能要！"立本说啥不肯接受。

"明天我就换新车，这旧车卖了也不值几个钱，你以后开车去学校拉着奶奶，会轻松得多。再说了，那伞下能遮风挡雨不？奶奶在屋外等，你在室内教课心里能踏实？快快，别再磨磨叽叽，这是车钥匙！"

第二天，立本找人把车后排的座改造成一个"单人床"，每天去学校他都用车拉着娘，逢周末就带娘回城一家团聚。

娘的床边有一个小沙发床，立本每晚睡在娘旁边。那天夜里，娘感冒发烧咳喘几声，他袜子没穿跑到街上敲开诊所的门，侍奉娘服了药，他整夜没合眼，一直陪娘到天明。多年养成的习惯，他每天凌晨做好早饭，帮娘穿衣、洗漱，早餐后，七点半准时背起娘……立本说："夏天不能热着娘，把车停靠在树下阴凉处，车窗留足透气的缝；天冷时，开开空调让车内热乎起来，陪娘聊聊天，说些开心的话。娘开心，我吃了蜜一样快乐！"

"娘，我去上课了，下课立马就回来，收音机我给您调好了台，还是您喜欢听的戏——豫剧。"

娘笑笑点点头，立本摇开车窗留条窄缝，轻轻关了车门，才安心去上课。

"娘，下课了，看看，学生们在做课间操。娘，待在车上太枯燥，疲劳了吧！慢点，慢点，我背您下来转转，活动活动筋骨，呼吸呼吸新鲜空气……"课间，立本背起娘，来回遛个弯儿。初春暖融融的阳光下，娘笑了，儿子也乐了。

看，那边……

顺着手指的方向，校园花坛旁，质朴憨厚的立本正背着娘看风景。

守护

　　黄河，一条孕育了中华民族上下五千年历史的母亲河，在中国的版图上浩浩荡荡由西向东进入大海，形成了一个壮阔的"几"字，黄河途经 A 市的岸边有一个村庄，村上三位平均年龄六十七岁的老人竹竿救人的故事传为佳话，被当地群众称颂为黄河岸边"守护神"。

　　风和日丽，阳光融融。那天是周末闲暇时间，张三亲自驾车带着妻子儿女，一路唱着、嬉闹着去黄河岸边散心游玩。

　　"哈哈，到黄河了，我见到黄河了。"张三九岁的女儿张小丫，下车就往黄河边上跑，四岁的儿子屁颠屁颠跟得欢，两个孩子叽叽喳喳喊叫着，不觉间到了黄河边。

　　"呀，危险不？"张三快步跟上，告诫儿女只准许在河边上玩耍，不得下到水里面。

　　儿子和女儿大声应着，开始撩水玩耍，张三和妻子轮换着不停地给玩耍的孩子拍照留念。

"爸爸，'白日依山尽，黄河入海流……'不就是描写这黄河景色嘛。嘿嘿，这首诗我还会背呢。爸妈，你们看这黄河多美，我想站在黄河水里拍个照，行吗？哈哈。"

听到女儿小丫说要下水留影，正在忙活着给儿子拍照的张三，赶紧按下相机快门，扭身快速跑向女儿。

可此时，女儿小丫已经脱掉了鞋子，双脚踏进了黄河开始戏水。见爸爸快步跑过来，小丫还以为是爸爸给自己取景拍照呢，遂摆出个单腿着地的欢喜姿势，阳光灿烂的脸上还漾着花儿一样甜美的笑。

"啊，危险！快上来！"张三的话音没落地。女儿忽然一个趔趄，滑进了河水涡流之中……

张三大声喊着让妻子看好儿子，自己不顾一切跳入了水中。俗话说水火无情，一点都不差。尽管张三会游泳，可他在黄河水中使出浑身解数，依然没能将女儿救上岸。

此时，妻子安顿好儿子后，便疯了般"扑通"跳进河水，她要拼了命救回自己心爱的女儿和丈夫。情况万分危急，一家三个人手拉着手，不停地在黄河水中浮沉……

"救命啊！救命……"近乎崩溃的凄厉哀叫声中，一根、两根、三根救命的竹竿伸了过来，一家三口人终于获救了。

"恩人啊！多亏了这救命的竹竿，如果不是三位老人，我们一家可就完了，没落水的儿子才四岁呀！这救命的大恩大德，我们一家会永远铭记于心不相忘！"张三一家人千恩万谢，泣不成声。

张三的妻子跑上车，拿出三千块钱执意相谢，硬往老人手里塞。

老人坚持不收，劝说道："心意领了，别再相让了。我们搭救过不少人，还从来没收过一分钱！"

……

三位老人中的老大，为人厚道，心地善良，别看他已是七十岁高龄，却依然身体健朗，精神矍铄。他望着滚滚黄河水，说："我出生在黄河岸边，是喝着黄河水长大的，别看现在年岁大了，下水没问题。"

老人中年龄六十八岁的老二说："我们都喜欢黄河，去年我们老哥仨合计着买了这条船，没事就聚在一起，开船在黄河里走走转转，一来嘛，心情好；二来嘛，能守护来黄河游玩的人。这竹竿能救人，可有时遇到紧急情况，哪容你思量，衣服不脱就要跳下水……"

最小的老三今年六十三岁，他乐呵呵地笑着，自信地说："嘿嘿，你信不？这黄河南北，俺单手能游个来回！俺打小就玩水，熟知黄河的脾性，别看今天这里比较浅，明天就可能变成深水坑，这一旦沉到水里，几分钟能死人。"

黄河岸边的村民说："短短半年间，三位老人不顾年老体弱，不顾个人安危，一次次跳入滚滚的黄河激流，先后成功搭救出二十条鲜活的生命，他们不正是黄河岸边的'守护神'吗？"

不知从啥时起，三位老人又自掏腰包，在黄河边立了数十个警示牌——守护生命，下水危险。

嫂娘

早听说邻村的王二黑有个嫂子堪比"娘",一个做慈善事业的朋友非邀我带他去瞅瞅,我没推却,心甘情愿成人之美。于是,一个阳光灿烂的日子,我带他去了王庄村。

"嗨嗨,看看,那就是她患有精神疾病还残疾的小叔子王二黑,这不正在阳光下晒太阳呢……"热情引路的村支书敲开门,用手指点着堂屋门口那个人,嘴里说着赞叹自豪的暖心话。

陆爱萍的小叔子王二黑精神不正常,后来腿有残疾。进得门来,见融融的阳光下,他正安静地坐在一个小薄棉被包裹住宽大的木凳子上,眯着眼睛悠闲地晒太阳。如今已是七十二岁高龄的陆爱萍,五十年如一日,慈母般地照顾着这个身残又患病的小叔子,别看他已经瘫痪多年,可身上干干净净,从没有长过褥疮……

花一样漂亮的姑娘陆爱萍,在二十二岁那年,伴着一路吹吹打打的喜庆锣鼓,被王庄村欢欢喜喜的一群人接到了王家。也是自那天起，陆爱萍和丈夫一同担起养家照顾小叔子的责任，对于小叔子王二黑来说，陆爱萍就是"娘"啊！

公公早年去世，家里还有一个十多岁的小叔子，婚后一年陆爱萍有了自己的儿子。可天有不测风云，人有旦夕祸福，不久，小叔子王二黑患上了精神疾病，一天夜里独自外出，不慎摔伤，瘸了一条腿。

"以后的日子咋办啊？我苦命的儿……"晴天霹雳，面对这个残酷的现实，悲痛欲绝的婆婆抚摸着小儿子的瘸腿，哭得撕心裂肺，差点背过气。

陆爱萍看在眼里，疼在心上。她擦掉眼泪，安慰婆婆说："娘，只要有俺一口饭，决不会差俺二黑弟半口粮，俺管他一辈子……"

屋漏偏遇连阴雨，不幸之家再遭灾。十五年前，陆爱萍的丈夫外出打工时，不幸突发脑梗离开人世。陆爱萍数天滴水不进，悲惨哀号："老天不公啊！公公早年离世，今又中年丧夫，家里剩下年迈的婆母、两个未成年的孩子，还有一个精神失常腿瘸的小叔子，这让我们以后的日子如何过？"

"唉，爱萍啊！听人劝吃饱饭，趁年轻，趁早跳出这个火坑吧。"丈夫离世第三年，明里或私下上门提亲的人，几乎踏破了她家的门槛。

"俺知道您劝俺再嫁，是为俺好，可俺要是只图自己幸福地活着，撇下这个破败穷困的家，那活着还算个人吗？这天地不容啊！别劝了，没用！天地良心，俺不能离开这个家！"陆爱萍用同样的话，劝走一拨拨说媒的人，坚持留下不肯嫁。

自此，陆爱萍白天下地干活儿是"男人"，晚上回家是个善良温柔细心的女人，一心一意伺候一大家子吃喝拉撒，生活上艰难，心里头苦，筋疲力尽苦苦支撑着这个家。

那些年，儿女到了婚嫁的年龄，逐个离开了这个贫困不堪的家，组建了自己幸福的小家。儿女有了出息回到家，儿劝娘说："娘，看看你一辈子够苦的啦，跟我去城里小住几天，行吗？"

陆爱萍摇摇头："儿啊，你奶奶年纪大了，身体有病不能自理。唉，你叔叔腿瘸，精神病偶尔还复发，你说说娘怎能安心离开家？"

女儿劝娘说："娘，俺婆家在县城郊区院子大，要不接上俺奶奶，再带上俺二叔，一块儿去俺婆家住段日子，我替换替换娘照顾奶奶和二叔，行不?"

陆爱萍仍然摇头："闺女呀，拖家带口去你们家，算咋回事？再说，也不方便呀！别说了，说啥也不能给你们添麻烦，娘哪里也不去，就安心守着这个家。"

不久后，陆爱萍八十岁的婆婆病逝了，小叔子的身体状况也大不如从前，连基本的生活都不能自理。为了让他身体能够舒服些，陆爱萍每天早上起床后先给他端屎倒尿、换洗衣物，然后伺候小叔子吃了饭，再去忙地里的农活。

小叔子二黑平时的吃喝只能在床上，可"吃喝"易，"拉撒"难，大小便失禁是常事，咋办？

陆爱萍说："还能咋办？没啥好说的，刮屎擦尿俺早已习惯了。"

炎热的夏天里，二黑喜欢凉爽，一个柔弱女子，躬下身子，把小叔子背到树下阴凉处，摇椅蒲扇陪他聊家长里短。冬日里只要天气好，二黑喜欢晒太阳，她就会小心翼翼背上小叔子，轻轻放在院里摆好的木凳子上，暖融融的阳光下和他聊天说故事，逗得他呵呵笑不止，忘却了烦恼和忧伤。

有时候二黑犯了病，大喊大叫胡言乱语，陆爱萍总是轻言安慰，和他耐心交流，照顾的无微不至，像照顾"孩子"一样。累了，苦了，躲在无人的角落，挤眼抹泪自己偷偷哭，哭过还要当着小叔子的面笑出声来，五十年啊！不弃不离，不知哭过、笑过多少回？

岁月匆匆，一晃五十年。

村支书抹抹潮湿的双眼，颇有感触地说："亲娘也不过如此，爱萍婶子是俺村的骄傲和榜样啊！怨俺呀，这样的好事，满满的正能量，早就该说道说道，大力弘扬……"

为爱守候

　　这里是留守孩子的家，一个有爱有梦，希望升起的地方。冬日的阳光透过玻璃窗洒进教室，温暖着孩子们的身心，教室里关不住的琅琅读书声飘向窗外，在整个校园荡漾。

　　那天，我去光明学校调研，皓月荣问："你知道这些留守的孩子们最缺少什么吗？"

　　我快言快语："不会是缺少物质需求吧，应该是父母的关爱！"

　　光明学校的八百名学生中，至少有五百名是留守儿童。作为校长，也是"家长"的皓月荣痴心办学，为爱守候，孩子们见了她，个个抱着叫"妈妈"。为了让留守的孩子们都能上学，她专门成立了"留守儿童"工作组，寻找孤儿、特困生接进学校免费就读，把孩子们的梦想变成了现实。"我要用全部的爱心和真情，为留守的孩子们撑起一片希望的蓝天！"皓月荣说到了，她做的比说的还要好。

　　皓月荣说："舜县是个欠发达的农业大县，农村人口占到全县人口的百分之七十以上，大多数村里的年轻人常年外出务工，留守家里的孩子上学问题成了他们绕不开的话题，心头的痛。"皓月荣看在眼里困惑在心中，为圆留守孩子们的上学梦，让留守的孩子和其他孩子一样沐浴阳光雨露，有一个幸福快乐的童年、少年时光。十年前，皓月荣多方筹资，量身订做，创办了阳光学校——适合留守孩子读书的寄宿制学校。

门卫老张说："为了留守的孩子，她几乎天天吃住在学校，为了让更多的留守儿童走进校园，她已经一个多月没回家了，学校里的孩子都称呼她为妈妈，为了这一声'妈'，她恨不能豁出命来用心用情呵护着这些缺少母爱的孩子，而她却不得已把身体不好的亲生爹娘'抛'给了自己的兄弟姐妹……"

怎样才能帮助更多的留守儿童走进校园？皓月荣几乎牺牲了自己所有的节假日，她经常到附近的乡镇村庄耙地般四处走访。

一次到村里走访中，皓月荣看到一个六七岁的男孩，光屁股赤脚丫围在一位耄耋老人的身边蹦跳着玩耍。她走过去问老人："大娘，这孩子？"

老人抬头间，眼里噙满泪花花。用衣袖拭去眼角的泪水，说："苦啊！这是我小儿子撇下的孩子，叫张明，他爹娘去年出事不幸双亡，撇下这个不懂事的孙子跟我生活。看看，今年都过了上学读书的年龄，唉……"

皓月荣心头一热，潮湿了双眼。她俯下身子问："大娘，这孩子交给我，您老放心吗？"

老人颤巍巍地站起来，满脸疑惑地问："那咋行？咱一没亲二没故，再说了，俺也不认识你呀。要是你把俺孙子给拐卖了，俺咋对得起死去的儿子儿媳！求你，别打俺这孙子的主意啦，这孩子够可怜的啦。"

皓月荣心里只顾想着可怜的孩子，却忽略了老人内心的感受。听了老人的话，才感觉出自己行事唐突，她赶忙躬身对老人说："大娘，看到孩子到了上学的年龄，只顾想孩子读书的事，心里着急，没给您老人家说清楚、讲明白，您别见怪。我不是缺德坏良心的人贩子，更不会拐了您的宝贝亲孙子，我是想让孩子尽快到我办的学校去读书。要不，您看这样行不？"

"啥样？就算是你好话说到天边，俺也不会让你把俺苦命的孙子从俺身边拽走。"没等皓月荣的话说完，老人就急急招呼孙子，紧紧搂抱在怀里。

"嗨，大娘，我是说咱去村委会，让村干部给办个手续，做个证明，让孩子去我办的学校免费读书，这孩子不能再耽搁了，行不？"

"呀，你是学校的老师啊！可，俺交不起学费，能行吗？"

"放心吧，大娘。这孩子入学一切全免，就包我身上了。"

在村委会，热心的村支书对张明的奶奶说："大娘，您这孙子算是遇上贵人了，皓月荣校长可是咱县里的大名人，人家为了留守的孩子能读上书，自己掏钱办学校，她的事迹在电视和报纸上都多次报道过，这次让张明免费去她的学校上学，这可是您求都求不来的好事啊！咋还舍不得？不让您孙子读书啦！哈哈。"

"唉唉，大侄子，可别笑话你大娘了。遇到贵人是俺的福，当真不用花钱，俺孙子就能去上学？"

"大娘，当真，您就放心吧！"当着村支书的面，握紧老人粗糙的手，皓月荣当天就带张明去了乡镇的集市，给他买了新衣服，带他到学校去。

"皓校长在不？"下午两点，刚安顿好张明，临县小王庄村的村支书王大山，就急慌慌来学校找皓月荣。见到皓月荣，他开门见山地说："俺村里的女孩朵朵，母亲前年住院没拉回命，父亲常年在外打工，她一直由身患残疾的奶奶照顾。唉，屋漏偏遇连阴雨，这不今早上她奶奶患病住院了，顾不上孩子了，我才匆匆赶来向您求助，您看看能不能……"

"嗨，别说了，快走！"皓月荣起身摆手，出口的话铿锵有力，不容置疑。

王大山一愣神，慌忙拦着皓月荣说："呀呀，您就再听我给您解释解释嘛，这么快撵我走，可这苦命的孩子咋办？您就行善积德，发发慈悲……"

王大山的话，让皓月荣差点笑出声来："哎呀，你看看，我这快言快语的话！快走，去接孩子……"

可"控"

公司经理贾君拈花惹草，笑里藏刀，表里不一，能力不大，善动心机。虽胸无点墨，却是喜显摆拽文的主。靠着舅舅是个带"长"的角色，不惑之年竟接了公司的"一把手"。士别三日，当刮目相看。自从当上经理，贾君一改往日花里胡哨的行头，少了许多"艳"闻。话语里透出的浅薄，是骨子里的"贱"。行为里的作摆，凸显了他为人处世的"奸猾"和"寡薄"。

上任之初，贾君先烧"三把火"。一是加强考勤，买了个"打脸机"。迟来一分钟，扣工资 10 块钱，依次累加，扣完当月工资为止。铁的纪律，只要是单位领工资的职工都要坚决执行，不能例外。当然了，"一把手"除外。

二是公司全体员工，要绝对树立"一把手"的权威。打了，骂了，当场不能还手和辩解。你想想，经理那么忙，管的都是大事，关乎公司的前途和未来，偶尔发发火纯属正常，也是应该的。要是做不到，欢迎你离开，想进公司的人，挤破头皮向里进。要是当场傻了吧唧的挨打敢还手，挨骂敢还嘴，不管你背后的背景有多深，当场就敢把你开！不信，谁试试？看看，我能不能把你开！

三是副职负责要大胆，早碰头，晚汇报，这样把"控"为大家好。别怪丑话说前面，免不了你的职务，可以组织提建议，至少嘛……可以不用你，闲着你，直接调度你管的人，一竿子插到底，看你服气不服气。

"三把火"，烧得好，烧得旺，烧得公司员工个个跟训练有素的军人似的。一天，贾君看着财务报表发脾气："……啊啊，呀呀，怎么可能？除了罚钱是增数，其他各个负增长……"

上任半年，大事没成一件，业绩是咋下滑的？不科学分析原因，着眼公司长远；不从自身查摆，贾君看谁不顺眼，云里雾里满嘴洒怨气。

后来，贾君的专职司机小木想了个点子，说得贾君心领神会笑嘻嘻。招待费里挤出一千块，虚情假意去看望孩子瘦弱需喂奶，多次被罚钱的员工小李。私下里还设了个饭局，叫来冷落的副经理，好酒好菜招待着，还许诺最近安排去拉萨，费用留得足足的。

被骂的小孙最受益。那天贾君亲自叫他来经理室，报了上次不给签字的差旅费，还塞了一条软中华。语重心长地说着不知是真是假暖心的话："小孙啊，不知道你是咋想的？到现在还不明白打是疼，骂是爱吗？如果你不懂事，不值得管，我才懒得管你呢。那天你红着脸，当着那么多的员工，蹦着高的和我吵，虽然免了你的职，位子不是还空着吗？年轻人遇事要压着火气，还想进步吗？不管你，时间长了你就白瞎了。好了，等着官复原职吧……"小孙满脸惶恐，惊得话没说一句，只是屁颠屁颠地点着头，以示悔过表诚意。

三天后，贾君召开了一个让所有员工都惊诧不已的会，主意嘛，不知谁出的。会场没设在会议室，却设在上下班人人都经过的大厅里。

"啊，今天开个特别的会……"说着贾经理招呼通信员抱来一个和贾君几乎一模一样的橡皮人。"呀呀，真像！活脱脱一个'贾经理'啊。"员工一阵窃语，一阵窃笑，不知道贾君葫芦里卖的是啥药。

"啊，是这样的，可能我领导的方式方法欠妥，同志们有了意见也不好意思明着说，挺憋屈吧！我订做了个你们的'贾经理'，今天就安放在大厅的楼梯处，大家来来回回的，心里有怨有憋屈，或者我哪些地方多有得罪的啊，你们放心地随便打，随便骂，解恨就行，出气就好。打够骂够了，好好地抓抓业务，争取呀，年底业绩创新高。好不好，拜托了，拜托了！哈哈，没别的事，散会吧。"贾君意味深长，闪烁其词的话，听起来很有诚意，那一丝不易察觉的笑，却藏得很深很深。

接下来的几天里，共有两个人朝假的"贾经理"踹了脚；一个人摸着头顶打了脸；一个人拧着耳朵骂一句："不食人间烟火的狗东西！"还有一个人每次经过都把痰液吐在假的"贾经理"脸上，嘴里骂着："假慈悲，呸呸呸……还想打我相好的主意……"

临近年终，奖金发放和公司人事调整公布。三个人奖金拿了一半，调整到偏僻的下属公司任职；司机小王年终考核不称职，待业下岗。

"唉！想不到啊，可这规定制度不能破呀。啊，还真舍不得你离开……"贾君依依不舍地安慰着百思不得其解的小王下楼后，迅速返回房间打开电脑，清晰地看到小王在他的橡皮替身旁停了停，这次没动手，也没动口。只是脚步略显踉跄，似乎有点依依不舍地走出了可"控"的视线……

贾君点燃一支烟，吐着或大或小的圈，自言自语地说："哈哈，和我玩，还嫩了点！如果不安装那个可'控'的微型摄像头？如果让这几个人继续留在身边？如果……"

家有贤妻

朋友胡强是一名公安特警，他武装巡逻明察秋毫，特战训练一丝不苟，增援信访维序礼节适度，撸起袖子用心用情干出了一番事业，先后十几次立功受嘉奖。妻子王小红倾全力给他工作提供后方支持，全市孝德榜上美名留。

俗话说"家和万事兴"，家和睦，岂能不兴！

妻子王小红是一名农村妇女，没工作，常年在郊区老家附近的集市场摆摊卖青菜。作为一名市特警队长，丈夫胡强自参加工作就一直住在离单位十公里的农村老家。期间，有两次机会搬到市区内住楼房。他和妻子商量："要不，咱带爹娘搬过去，这样我离单位近些，工作也方便些。"

王小红说："家里爹娘年龄大了，正需要人照顾。他们不愿离开老家老院，不习惯居住在闹市区，何必勉强老人呢。再说了，这上楼下楼不方便，要不你个儿搬过去住，我留老家陪伴爹娘。"

"那咋行？你们不搬，我还天天回家来。"妻子王小红的话，让胡强彻底打消了搬家的想法。至今，他仍然住在村里陪伴爹娘，一家人三世同堂，其乐融融，从没红过脸、拌过嘴，空闲了他就陪爹下盘象棋，唠唠嗑。

天有不测风云，生活也有坑坑洼洼。

那天胡强外出执行任务，夜里十一点多，娘大便干燥拉不出，疼得大汗淋漓。爹一脸煞白，冷汗涔涔，身子筛糠般哆嗦，不知如何是好。

一声声痛苦的呻吟传来，王小红心头一惊，披衣出门，来到娘的床前。

"呀，娘咋的啦？要不，咱赶紧去医院。"

娘抹抹额头豆大的汗珠，有气无力地说："媳妇，我肚子疼得要死，拉不出呀！"

"娘，不要紧，这是您便秘的老毛病又犯啦，不怕！媳妇帮你……"王小红就用手一点一点往外抠，没有丝毫怨言。

去年的大年初一，恰逢胡强去局里值班，七旬的老娘突然患病，为了不影响丈夫值班，王小红一声没吭背起娘送进了医院，又办理好住院、拿药、输液等一切手续。

直到晚上八点，胡强完成值班任务后，才得到消息。赶往医院时，见妻子王小红趴在娘的床头睡着了。

一次，胡强问王小红："爹有退休金，足够老两口花销的，你咋还月月给老人零花钱？"

王小红说："爹的钱再多是他老人家的，作为晚辈定期给老人一些零花钱，是对老人的一份孝心，不能忘，必须给。"

胡强说："孝顺爹娘没错，以后两边的老人要一视同仁，不能顾此失彼。咱家院子大，要不把岳父母也接来吧，咱一起孝顺。"

王小红笑笑说："难得你有这份孝心，老家有弟弟，咱接老人来咱家，岂不让俺村里的人笑话俺弟弟不孝顺，是不？嘿嘿，放心吧！爹娘都和我说了，俺那弟媳妇孝顺得很！那次回家弟媳妇还给我讲大道理呢。"

"是吗？啥道理？"

王小红嘿嘿一笑，说："啥道理？弟媳妇说呀，百事孝为先，侍奉老人好吃好喝是'孝'，光孝还不行，更重要的是'顺'，就是凡事能顺着老人，不惹老人生气，不给老人添堵，老人高高兴兴开心了，这个家才会幸福！看看，在理不？"

"呀，在理。"

嘿嘿，呵呵……

"全省文明家庭"颁发晚会上，胡强在发表获奖感言时，自豪地说："妻子是我的'大后方'，是家的'定海神针'，家有妻在，乱不了方寸……"

老井

　　三十年前，小李庄有两口井。一口是村西头挖的新井，因井水味道苦涩无人食用，只用来洗衣浇菜。另一口是村东头的经年老井，因老井水量充沛，井水清澈甘甜，煮粥粥香味浓；泡茶香郁甘醇，村西头的村民都舍近求远，乐意来挑老井里的甜水喝。

　　忽一天，老井因一个女子投井自尽，伴着一声声无奈悲伤的叹息，这个不知哪个年月挖出的老井，渐渐淡出了村民的视野，成了村民心中永远的痛。

　　唉，那是啥样的一个清晨啊！乱了村民的脚步，痛上了村民的心头，哽在了村民的咽喉……

　　"啊！哎呀，救人啊！有人跳井了，有人跳井了！"那个清晨，太阳还没有露脸儿，村东头老井那传来的一阵凄厉喊叫声，打破了原本宁静的小村庄。

　　"有人跳井了！谁?"李大明一骨碌爬起来，没顾上穿袜子，赤脚穿鞋跑出了家门。

　　惊慌慌去往老井的路上，大约半里的路程，早已跌跌撞撞前后挨满了十几个慌乱奔跑的村民，相互大声递着话，个个一脸疑惑，表情严肃。

"谁？咋会跳井！"

"哼，没出息，多大点屁事？值得去跳井。"

"唉，说不定是打水不小心，掉到井里了？"

说话间，跑在前面的三个人已到了老井边，快速扶起因惊吓跌倒在井旁的李二嫂。

老井周围聚拢来的村民越来越多，围满了老井的一周，三三两两小声议论着。

挤进井台边，李大明壮了胆子探头朝井里望了一眼。"呀，漂浮的是一具女尸，年纪不大的样子，会是谁？"

"让开，快点让开！"这时已经有人拿来了捞人的绳索，李大明和几个身强力壮自告奋勇的年轻人，在村里老人的指导下，开始打捞井里的人。

跳井的人被打捞上来，可早已没了一丝气息，被面目朝天平放在井台旁。

看清模样，众人大惊："啊，这不村东头李二柱家刚满十八岁的大闺女李朵朵吗？年纪轻轻，咋投了井？"

此时，老井外圈跌跌撞撞疯了般跑来李朵朵的娘。她边跑边凄惨地哀号着："我的天啊，我苦命的闺女你咋恁狠心，撇下娘说走就走了……"

李朵朵娘扑在被井水浸泡得像面包样的女儿身体上号啕哭着，不管邻里的婆娘们如何劝慰扯拉，都是紧抱着女儿死活不肯起来。

"唉，造孽啊！都是私奔惹的祸！"老井外围几个婆娘小声嘀咕说。

"啊，私奔？"

"为啥私奔？"

"听说那妮子肚子显形了，你说说一个黄花大闺女咋出门见人？纸里包不住火，就和那个男的连夜私奔了呗。"

"那个男的是谁？"

"唉，听说是村西头的那个异姓王八羔子。"

"既然私奔了，咋还再回来，不是找死吗？"

"唉，这就是命啊！"

"唉，俺是李朵朵家隔墙邻居，昨晚她回来，我听见她挨了爹的打，受了娘的奚落，兴许是心里憋屈无处说，夜里想不开就……"

见几个婆娘拽不开自己的媳妇，李朵朵的爹李无奈用力抱起媳妇，泪眼汪汪，悲恸失声，看了闺女最后一眼，狠下心摆摆手说："不孝女啊，岂能入祖坟，埋到堤上小河旁的乱坟岗吧！"

那天，一领芦席，一床被单，包裹着一个曾经鲜活的年轻生命，成了堤上小河旁那片乱坟岗上的孤魂野鬼。

第二天，李朵朵的娘一夜间白了头。她不吃不喝，悲声哭泣，嘴里吐着含糊不清的话，丢了魂般围着老井转圈圈。生怕她再出啥事，丈夫李无奈寸步不离蹲在老井旁守候着。真是祸不单行，谁料就在女儿走后的第三天，李无奈内急难耐，转身撒泡尿的空，"扑通"一声传来，李朵朵的娘跳井了，李无奈的心差点惊碎了。

"啊啊，救人啊！俺婆娘跳井啦！"李无奈叫魂般的号叫声，惊动了老井旁的邻居。幸亏发现及时，打捞女儿的绳索还挂在老井旁一棵柳树的枝杈上，李朵朵的娘才幸免一难，拉回半条命。

"唉唉，这可咋整？她万一再跳井？"村里人惊恐万状，聚在家族长院里，议论纷纷，不肯离去。

家族长和村干部紧急商议一番后，家族长无奈地叹口气，起身大手一挥，高了嗓门说："填了吧！就算全村人都喝村西头井里的苦水，也不能再搭上一条人命。"

自那天老井被填实后，李朵朵的娘彻底疯了。

她蓬头垢面，丝丝白发上粘满枯叶乱草，目光呆滞迷离早没了泪水，整日里左手拿着个煮熟染红的鸡蛋，右手拿着一把红砂糖，在填实的老井上、埋葬女儿的乱坟岗上来回游走，嘴里神经兮兮不停地念叨着："唉唉，闺女啊，爹不该打你，娘不该骂你，活生生的两条人命！唉唉，咋说没就没了……"

戒烟

那天上午，阳光医院内科专家门诊前候诊的患者还在排着队，临床医学实习生仝立辉坐在带教老师——内科老专家李浩来身旁，抬腕看表已是十一点，李医生还在专注给患者诊病。他情不自禁把右手伸进衣兜，摸摸李医生上班时交给他的香烟和打火机，心想今儿个咋回事？要搁以前，这会儿李医生至少已经抽了两支烟。

"今儿个患者咋恁多？"李医生话音未落，又有一个男性患者推门进来，是一位五十岁左右的中年人，一个月前李医生曾经给他看过病。

招呼中年患者坐下，李医生点头微笑，客气地说："你稍等会儿，行不？"

中年患者点点头："行，不急。"

李医生摘下挂在脖子上的听诊器，起身快步走到诊室面盆处，快速拧开水龙头，伸出右手蜷起三指，伸直叉开食指和中指，简单将两根指头冲洗片刻，用左手关上水龙头，用力前后甩着右手。

"烟瘾来了！"仝立辉心领神会，赶紧起身开窗，快速掏出一支烟，点燃了，小心翼翼把烟卡在李医生早已伸出的两指间。

李医生两根指头夹紧香烟过滤嘴，急火火送到嘴上，深吸两口，便吐出一串粗大急促的烟圈，瞬间浓浓的烟草味弥漫了整个门诊。再次猛抽两口，呛得李医生干咳两声，眼见没抽几口就只剩下了烟屁股。过足了烟瘾，李医生重回诊桌前，继续为患者诊病。

"说说哪里不舒服？"

"还是老毛病！血压高，还有糖尿病，上下楼心慌、憋喘、堵得慌！"

"来，我先给你测量血压。解开外套，把胳膊伸开放平，不要紧张，放松了。咋磨磨叽叽不听话，还把手攥成了拳头？"

中年患者"嘿嘿"一笑，伸开了攥着的左右手。

"看看你，这左手咋还攥着一支烟？呀，这右手还攥着个打火机？"

"不好意思，我是个老烟枪，这不刚见您抽上了，把我的烟瘾勾起来了！心里痒痒啊，就想抽两口。您抽烟，那是一个'凶'啊！我这掏烟拿打火机的空，嘿嘿，您竟然抽完了一支烟，恁快？要不，您歇会儿，我抽两口过过瘾？"

"你不记得了，一个月前给你看过病，你这血压恁高，心脏还不好，上次就告诫你一定要戒烟，咋没记住！这吸烟对身体百害无一益，你说吸烟重要还是生命重要？不戒烟咋能指望有个好身体！"

"医生的话不能不信，可也不能全信，是不？"

"为啥？"

"为啥？你们医生总是说吸烟有害，对身体无益，就连二手烟都说得多么多么可怕，嘱咐患者一定要戒烟戒烟，可您咋还照样抽？"

"这……"李医生一脸尴尬，哑然无语。

……

后来，听仝立辉说："自那天起，再没见李浩来抽过烟，他兜里多了一些各种果味的小糖块……"

礼物

　　元旦放假，在北京读大学的儿子傍晚时分到了农村老家，手里还提着一个木制的洗脚盆。

　　爹问："儿啊，咋买个这木玩意儿？花了不少钱吧。"

　　娘说："孩儿啊，这个木盆咋没盖？盛面盛馍都行。嗯，好看还实用，俺稀罕着呢。"

　　儿说："俺买的这个木盆子好着呢，是儿子专门送给爹娘的礼物。"

　　晚饭后，儿子对爹娘说："您先看会儿电视，我这就去烧热水。"

　　爹摸出一根劣质烟，摆摆手，低声说："嗨，赶恁远路，你就消停歇会儿吧，你要渴了，暖瓶里有热水，别瞎折腾了。"

　　娘扯扯儿子的衣袖，说："烧热水干啥？坐下陪你爹看电视，你一个大小伙子咋能像以前蹲在灶火窝里干拉风箱烧火做饭的活儿，要烧热水也得是娘去。"

儿子"嘿嘿"笑着，冲娘说："娘，儿小的时候，不是经常帮您烧火做饭吗？熟悉得很，您等会儿，一会儿就好。"

拗不过儿子，娘没再言语，爹闷头抽烟。

不出一刻钟工夫，儿子就端来大半木盆热水，先是放在了爹面前。

爹一惊，问："你这是干啥？好好的木盆你咋盛了水？"

儿子撸起袖子，用手试试水温，说："先爹后娘，今儿个儿子挨个给爹娘洗洗脚。"

"呀，看看你这孩子，我说你咋非要烧热水？爹还不老，自己能动，还轮不上你给爹洗脚。看看，我这都多少天没洗脚了，这袜子一脱，当心熏跑你！哈哈。"

"嗨，话也不能这样说，味再大，也是爹的脚，当儿子的还能怕熏着，是不？再说了，儿子长这么大，还没给爹娘洗过脚呢，您就让我试试吧。"

爹的双脚抖动了几下，慢慢放进木盆里。

儿子快速用手撩撩水，抱着爹的脚笑了。

爹问："傻儿子，你笑个啥？"

儿说："奶奶在世的时候，每次见爹娘给她老人家洗脚，奶奶眼里都噙满泪花花。起初，我还以为是水热烫的呢。嘿嘿……"

臭豆腐

　　市人民医院肿瘤科病房里，老王脸色蜡黄生命垂危，已经三天三夜汤水未进。思量着来日不多，他强忍病痛，微睁双眼，有气无力地憋出一句话："好想……吃臭豆腐。"

　　床边的女儿摇摇头，不解地问："爹，您吃点啥不行，咋非要吃臭豆腐？恁大的臭味，这可是病房啊！"

　　一旁的儿子摆摆手，接过话茬："爹，这病房不比咱家里，这还有一位病人，咱能忍，可人家能受得了吗？"

　　一边的儿媳声音委婉："爹，咱不吃臭豆腐，吃豆腐乳行不？"

　　老王没睁眼，费力地抬起右手摇晃了几下，铁了心要吃臭豆腐。

　　坐在老王病床边上的老伴，懂得老王的心思，她知道老伴说的臭豆腐，其实就是臭豆腐乳。早些年家里穷，老王一块臭豆腐乳能吃上三天，他每天用高粱秆皮一点一点挑着吃，偶尔喝口小酒当菜肴，乐悠悠陶醉其中。那时女儿两岁，儿子刚出生，虽然家里穷苦，却是他人生最得意的日子。唉，这都啥年代了，还念着这口！她没吱声，起身离开了病房。

打开瓶盖，臭豆腐乳的臭味扑鼻而来，瞬间弥漫整个病房。

人之将去，就这点心愿，能说个啥？看得出同室的病友虽不习惯这怪怪的味道，却善意接受了，没吱一声。

"哎呀，恁臭啊，我胃浅！"嗅觉灵敏的儿子自言自语，捏紧了鼻子。

母亲悄悄递个眼色，小声说："哪里臭了？这臭豆腐乳闻着'臭'，吃着可'香'了。"

看看病危的爹，儿子从众人目光中觉察到端倪，不再言语。

去洗手间回来的儿媳，进门就捏着鼻子问："死臭死臭的臭脚丫子味，咋回事？我要吐了！"二话没说，转身离开了病房。

老王嘴里没吐话，心里却明镜似的，他急急地一口吞下老伴递到嘴边的半块臭豆腐乳，微咳几声，侧脸眯上眼，挤出几滴浊泪。

老伴看在眼，疼在心，俯身贴近老王，趴在他的耳旁小声安慰说："老头子，你还看不出，这儿女哪里是嫌弃你吃臭豆腐，分明是和你开玩笑，怕你睡着了，这才故意和你打诨调侃开玩笑呢，不信我喊一句话，他们个个都会跪你面前心痛流泪。"

老王弱弱地笑笑，闭眼轻摇头，没吭声。

"你个犟老头，不信试试。"老伴起身喊一声："哎呀，你爹咋不吱声，是不是断气了？"

"我苦命的爹呀，您咋舍得抛下我们走了呀，我的爹呀，我苦命没享过一天福的爹呀！"门口的女儿闻声，冲进爹的病房，扑通跪地，捶胸顿足。

"爹呀，知道您好这一口，喜欢吃臭豆腐，再臭儿不怕。您就醒醒吧，儿子再也不嫌弃您吃臭豆腐啦，我陪您吃好吗……"

"好啦，好啦，你爹还有气呢，省省力气吧！"娘招呼儿女们快起来。

"娘，您这是整的哪一出？"

"就是呀娘，我们还以为爹真的……"

"哪一出？是让你爹看看，生前儿女孝顺不？"

原来是这样啊，儿子笑笑。

女儿凑近爹床前，突然喊叫起来："娘，您看看，俺爹笑了！"

老王是睁着眼笑了，老伴伸手放在他鼻孔下一试，顿时泪如涌泉，泣不成声："唉，你爹这次真走了！"

老王入土那天，坟旁埋了满满一缸臭豆腐……

肩

二十年前的一个寒冬。一场鹅毛大雪，洋洋洒洒。

王平安推门瞅瞅屋外漫天飘舞的大雪，二话没说，俯下身背起七岁的独生女儿去上学。

半路上，女儿心疼地问："爸，你累不？放我下来吧，让我自己走会儿。"

王平安喘着粗气，打趣说："宝贝女儿，那咋行？爸爸肩上背的可是祖国的花朵，未来的希望，不仅一点都不累，还越走越有劲。"

女儿踢蹬几下小腿，撒着娇，笑得甜甜的如花朵般灿烂。"爸爸真会骗人，走了恁远的路，明明累，咋还不承认？"

王平安咧嘴幸福地笑笑，没吱声。背着女儿迈大了步子，继续专心走路。

临近小学门口，王平安为躲避顽劣耍雪的孩子，脚下一滑，摔了个四仰八叉。呀！一个类似砖块的硬物，恰好顶在他的腰部。在倒地的瞬间，他右手用力拽起女儿揽在怀里。见没摔着女儿，他有意掩饰着钻心的疼痛，故意哈哈笑着说："咋恁滑？这'啪唧'摔倒了，和挠痒痒似的，咋就一点不觉疼？"

"唉呦……"目送女儿进了校门，脱离了自己视野，王平安龇牙咧嘴揉起了腰。

……

二十年后的昨天，冷风呼啸，一场大雪如期而至，纷纷扬扬。

已近退休年龄的王平安，一大早招呼女儿吃早饭。饭后，他和往常一样推出那辆快"老掉牙"的破旧自行车，准备去上班。女儿掏出遥控钥匙开了车门，这辆新车是王平安不久前倾其所有，为刚工作的女儿买的，是辆新款车，模样很漂亮。

同一个胡同，女儿小心翼翼开车在前面缓行，王平安骑着自行车"叮当当"紧跟后面……直到出了长长的胡同。在胡同口处，女儿按响一声车喇叭，王平安乐呵呵招招手，父女才左右拐弯，各奔西东。

下了班，路上车多有点堵。

女儿开车回家快到胡同口时，眼见胡同口乱嚷嚷围了一群人，细看是有人摔倒了，众人争相搀扶。啊！倒地的那辆自行车咋恁熟？

"不会吧……"她心里"咯噔"一下，赶紧停好车，快步跑过去……

原来，路面湿滑，为躲避行人，车闸过急，王平安屁股着地重重摔个四仰八叉。"呀呀，恁巧？咋摔疼了这二十年前落下的病根！"在众人的帮助下，王平安痛苦地挣扎着爬坐起来。

"啊，爸爸！"女儿躬身向众人道谢，俯身跪地把王平安背上肩……

演练

　　一路吹着轻松惬意的口哨，粗糙的手里攥着个系着红布条的赶羊鞭儿，行走在去集市的乡间小路上，王大爷不时回头看看紧跟他后面的青山羊，心里甭提有多乐。

　　王大爷精心养的六只青山羊，很给他挣面子，铆足劲儿长得又肥又壮。那天，一个去村里收羊的人看中了他的羊，非要买，张口出价一万六千元。

　　王大爷没答应，心想："无利谁起早五更？今年青山羊行情好得很，集市上的羊价肯定会比这个价格高。"

　　动了心思，王大爷兴奋得一宿没睡好觉。第二天一大早，他就招呼起老伴做了碗鸡蛋面，他慢吞吞吃了半碗，剩下的半碗倒进剩有不少汤水的锅里，还特意添加了足足一斤麦麸子，用铁勺搅了几个来回，舀到盆里，小心翼翼地端出来喂自己"宝贝"似的青山羊。用他老伴的话说，这是犒赏羊的最高待遇了。

人和羊都吃了鸡蛋面，脚力自然不差。这不，王大爷打开羊圈门，拿起羊鞭儿轻轻一甩，"啪"的一声脆响，"咩咩"叫的青山羊撒着欢儿、争先恐后往圈外跑。

　　行至离乡镇集市还有大半路程时，一辆三轮车在王大爷身边停下来，惊得六只青山羊"咩咩"直叫。

　　车上有三个小青年，穿着破洞裤的小青年下车搭讪："大爷，你这是去赶集卖羊啊？"

　　王大爷停下脚步，扬扬手里的鞭，自豪地答："是啊，去赶集上上价，看看这几只羊能值几个钱？"

　　开车的小青年接过话茬："大爷，你的羊肯定能卖个好价钱。"

　　"那可不！昨天来村里买羊的人，出口就给我一万六呢？"

　　"大爷，那你可发财啦！"

　　"发啥财？我去年养的一窝羊卖了两万多呐。"

　　穿破洞裤的小青年凑近大爷一步说："大爷，你一个人去集上卖羊啊！听说现在偷羊的很多，你一定要注意了。"

　　这时，三轮车上的另一个小青年也下了车，"大爷，听说现在偷羊的可狡猾啦！你可一定防着点。"

　　"防啥防？我还就不信这大白天谁敢偷我的羊？"

　　两个小青年你一言我一语和王大爷唠着嗑，熟人般热情。

　　开三轮车的小青年左右环顾一圈，摇头晃脑地哼起了小曲："……说走咱就走哇，你有我有全都有哇……该出手时就出手哇，风风火火闯九州哇……"

　　这时，穿破洞裤的小青年挪动小步，又向王大爷身边凑了凑，说："大爷，你这羊金贵啊，以后遇到陌生人可不能轻易信任搭言，说不定就会是动心思、念想偷你羊的人呀。前几天，我们还真见过在光天化日之下偷羊的贼呢？"

　　"呀，是真有啊，咋偷的？"

　　"唉，大爷，看来你是真没见过偷羊的贼？"

　　"没见过，真没见过。"

"那好，我们给你'演练'一下，你看看。"

话刚落地，两个小青年没等王大爷答话，就一人抱起一只青山羊，往车上扔。边扔羊，边说话："大爷，见过吗？光天化日之下，就是这样偷羊的。"

王大爷当时一懵，两眼直勾勾盯着自己的羊一只只被装上车，他以为只是"演练"，并没往别处想。六只青山羊全部被扔上车时，两个小青年一跃跳上车，冲王大爷招招手，吐出一句话："大爷，你信不信，现在都是这样偷羊的！""突突突"三轮车屁股后冒着一股黑烟，带着王大爷的"宝贝"疾驰而去。

"这……这些王八羔子是偷羊贼！"王大爷如梦方醒，紧追两步，身子一晃，两腿像棉花般蜷曲在地，眼巴巴望着远去的三轮车悲怆恸哭："哎呀呀！我的个娘啊，不是说'演练演练'吗？"

走眼

"卖草鸡蛋喽！新鲜的草鸡蛋。"声音入耳，不用猜，一准是卖鸡蛋的老王。

那天是周末，我草草穿了衣服出来买他的草鸡蛋。老王卖的鸡蛋确实是地地道道的草鸡蛋，都是他村里一家一户散养的鸡下的蛋，他每天下午从村民手里收集起来，第二天一早拿到城里卖，只要不是雨雪等恶劣天气，我住的楼下，每天早上都能听到他卖力的吆喝声。

买了五斤鸡蛋，我便匆匆上楼，看看时间还不到八点，因是周末，索性躺在沙发上补个回笼觉。

"你个老流氓，打死你，打死你个臭不要脸的！"是一个女人歇斯底里的叫声。

出啥事了？我拉开窗帘，恰好能看到楼下卖鸡蛋的老王。我看见地上碎了一片鸡蛋，起初，是一个穿短裙、花里胡哨的年轻女子泼妇般揪着老王一边恶骂，一边朝他头上扔鸡蛋；后来，闻声赶来一位青年男子，看他气势汹汹的样子，应该是那女子的男人，见他抄起老王的秤杆子没命地抽打老王的腿部、腰部和裆部，嘴里还骂着不干不净的狠话、脏话。

老王没还手，只是躬身拼命护着裤裆，杀猪般号叫着四处躲藏，地上已有明显的血迹。

要出人命啦！眼见有人闻声陆续出来，我也急急慌慌下楼去劝解："咋回事？有事说事，这样照死里打会出事的……"

"哼！你问这个老流氓，该不该打？"年轻人用秤杆点指着老王恶言恶语。

"给我打！打瘸他的腿，看他还敢沾老娘的光！"女人骂着，又捡起几个鸡蛋拼命砸向老王那条鲜血湿透裤子的腿。

"不能再打啦！得饶人处且饶人。再不停手，我要报警啦！"

"求，求你们了！别、别报警！我认错。"老王央求着不让报警，开始跪地磕着响头向那个女人求饶。

"该死的老流氓，看在大伙的面子上饶过你这次，以后别让姑奶奶见到你，见一次打一次，直到把你的双腿都打瘸。"

老王满身蛋清蛋黄，抱着流血的腿蜷曲在地上哀叫不止。到底发生了什么？老王始终不肯说。我看老王伤势不轻，赶紧拨通了"120"急救电话。救护车赶到时，那个女人早扭着屁股、挽着年轻人的手走远啦。

大约两年后，我回农村老家看望父母，再次听到一个熟悉的声音，很像那个卖鸡蛋的老王。循声出门，果然是他。如今他已不再卖鸡蛋，拖着个瘸腿，骑一辆电动三轮车，走村串户卖杂货。

"那年，他们照死里打你！到底……"我怕说到老王伤心处，话到嘴边欲言又止。

老王一阵苦笑，"唉"地叹了口气，说："事情都过去二年啦，说出来也不怕你笑话，那天你买鸡蛋走后，那个女的过来买鸡蛋，她蹲下挑拣鸡蛋时还有说有笑，可……"

"是嫌你的鸡蛋小？还是怀疑不是草鸡蛋？"

"不是啊。""那？"

"唉，走眼了！那女的刚蹲下，谁知道她竟没穿内裤，我这……一句提醒的话，惹来……"话音落地，伴着两滴浊泪，老王一脸悲哀。

加班

　　老木是公司下属单位的一把手，可偏偏自我感觉良好，压根也不知道在别人眼里自己已经被"剥光"了。

　　周末，生产科加班，按规定加班的人一天补助一百元。

　　周一上班，负责人小王早早拿着制好的单据找老木签字领补助。

　　接过单据，老木上下左右熟练迅速地瞄了一眼名单说："加班的同志辛苦了！就这几个人吗？"

　　"是的，我带的班，确实六个人！"小王一脸的认真严肃，以为老木是在怀疑自己虚报了加班人数，多领补助。

　　老木点上一支软中华送到嘴边，猛抽一口，用力吐出个意味深长的烟圈，再次提醒小王："好好想想，钱是单位出，可不能亏了加班的同志。哈哈！"

　　"啊！没错呀，就六个人。对了，小娟生二胎，家有吃奶的孩子，是早走了半个小时。如果加班算一天的话领补助沾光了，可算半天也太吃亏了！"小王像个做错事的孩子自言自语。

"嗯，说的不是这个事。周末你们加班，我也没闲着吧。不是专门给你打电话问加班情况了吗？当时你们正忙得不可开交。"老木弹弹烟灰，显然有点不耐烦。

"是啊，您电话上说，时间紧，任务重，在确保质量的情况下，时间服从质量。哦！对了对了，是七个人。您亲自指导加班，一直和我们并肩战斗呀。看我这猪脑子进水了，竟然把领导都忘了！该罚，真该罚。"小王突然明白过来，连连自责，不停地道歉。

"要想跑得快，全靠车头带。领导就应该和同志们一起加班，身先士卒嘛。七个人好啊！七上八下，看来你小王还得进步，哈哈！"老木似笑非笑地把加班人员名单递给了还在云里雾里的小王。

五分钟后，小王拿着更改后的加班名单，一路小跑去了财务科。

来电话了

今天上午，单位工作会议一结束，二贵快步走出会议室，准备把手机的静音调成铃声。他刚掏出手机，就来电话了。

"恁巧，是爹打来的电话。"

"喂，爹啊！我刚开完会，有啥事？"

"也没啥大事，今儿个一大早，你娘就催促我给你打个电话，怕耽搁你工作，就一直攥着手机等你到下班的点儿。嘿嘿，儿子，没误你事吧！"

"能误啥事？"

"那就好，咱这家长里短的事都不急。"

"爹，娘让您给我打电话啥事？说呗。"

"是这样的。照你娘的吩咐，我去集市上割了猪肉买了菜，回到家忙活了小半天，包了几大锅水饺，有大葱猪肉馅、莲藕猪肉馅和素三鲜，可全乎了。你娘说这都是你最爱吃的。这不她非让我问问你，明天是周末，能抽点空回来不？"

"爹，您和娘包恁些水饺干啥？再说了，这个周末我还有事，回不了家啊。"

"啥事？要紧不？"

"这不临近春节了嘛，闲来无事，几个同学好久不见，非念叨着要在一起聚聚。"

"你娘就在旁边，你说啥？嗯嗯，我知道了，你是说你们单位安排周末加班啊！啥？说是还不准请假是吧。好好，爹这就告诉你娘。嘿嘿，儿子，忙你的吧。爹这就挂电话了。"

"唉，爹，爹，您先别挂电话，不是这样的，是……"

二贵见爹匆匆挂了电话，两眼紧紧盯着手机，像个木头橛子杵在那里，自言自语地说："唉，爹是糊涂了，还是没听明白我的话？咋编出这样稀里糊涂的话，这到底整的是哪一出，这些不都是明摆着糊弄俺娘吗？"

周末上午十点一刻，二贵准备动身去餐厅和同学小聚前，正在家里挑选合体光鲜的衣服，打好领带就要整装待发时，来电话了。

"是爹的电话。昨天不是已经说了嘛，今儿个有事不回，咋还打电话？"

"喂，爹，昨天不是和您说了嘛，今儿有事……啥？您和娘一大早来城里给俺送水饺，在小区里迷路找不到俺家的门了？哎呀，这天寒地冻的。爹、娘，你们就在原地别走动，儿子立马就下楼……"

大声招呼起看电视的媳妇，二贵"噔噔噔"跑下楼，丢了魂般……

半瓶假酒

　　小时候家里实在穷困，一年到头也不添置件新衣服，能勉强填饱肚子已经不错了。记得有一天，一位多年不见的朋友卢春来，远道而来探望父亲。

　　有朋自远方来，不亦乐乎？惊喜中俩人相拥，说着久别念想的话，看得出当时父亲非常开心，母亲却一个人躲进厨房犯了愁。

　　穷归穷，愁归愁，客人来了不能不吃饭。母亲摆摆手，招呼我进了厨房，小声说："良子，你去你奶奶家看看，能不能要几个鸡蛋？我这就去菜园里摘点蔬菜好做饭。"

　　"行，我去奶奶家看看。娘，你快去菜园吧。"我应声和母亲一块儿出了家门，只剩下父亲和朋友乐呵呵倾心交谈。

　　不觉间，到了饭时。心灵手巧的母亲，一番炒煎，硬是在餐桌摆上四个菜，色香味俱全。母亲冲我笑笑说："除了那六个鸡蛋，可惜都是素菜。咱家离集市远，来不及买点猪肉啥的荤菜，招待远来的客人，多少有点寒酸！"我笑着问母亲："娘，您净说些笑话！就算是集市搬到咱家门口，家里有买肉的钱？"

那天，母亲扬起的巴掌差点落到我头上，嘴里还不依不饶地说："你个臭小子，就会接娘的话，活人还能让尿憋死！没现成的钱买，咱就不会找在集市上卖肉的邻村张三，多说些好话，赊一斤肉回来，过后还钱？"

我在厨房和母亲的对话，不知啥时飘进堂屋的饭桌前，卢春来站起来冲厨房喊道："嫂子，我又不是外人，可不能再去集市上买啥猪肉了，咱过的都是穷日子，这些菜已经很丰盛了，快过来一起吃饭吧。"

"都怪你个淘气的坏小子。"母亲用手指轻点着我的额头。

"你娘俩就一块儿过来吃吧，反正没外人，咱也就别讲究客套了。对了，孩儿他娘，酒呢？"无酒不成席，父亲一拍脑门，突然想到了酒。

"酒？家里有，我去拿。"母亲应声去了堂屋的里间，小心翼翼打开柜子，找出春节时客人喝剩下的半瓶酒。

见只有半瓶酒，父亲略显尴尬。父亲对卢春来这位好朋友知根知底，他是喜欢喝酒，可也是那种"好酒无量"的性情中人，这半瓶酒俩人喝肯定不够，咋办？父亲动了心思，于是和母亲递了个眼色，说："哎，对了，我留着自己喝的那半瓶高度老酒头不是在厨房吗？快快给我拿过来，让卢兄弟喝这半瓶劲小些的酒，我喝那劲大的老酒头。"

"酒头？哪来的酒头？"母亲一头雾水。一旁的我，似乎明白了父亲的意思，扯扯母亲的衣角，说："娘，我知道。""好好，这就去拿。"娘拉紧我的小手去厨房。厨房里，母亲帮我向找来的一个空酒瓶里不多不少灌了半瓶凉开水，她用手晃了几下瓶子，满脸疑惑地问："小子，你揣摩着这是你爹的意思？能行吗？"

我冲母亲扮了个鬼脸，自信地说："娘，你咋不想想，咱家就那半瓶酒，难道这天上会掉下来半瓶酒头？爹不傻，能不明白？我看爹给你递的那个眼神，就是说虽然咱家穷买不起酒，但咱也不能失了礼，让卢叔叔喝那半瓶子真酒，以他的量够了。爹以水当酒陪着喝，不失礼节，一定是这个意思。"

那天，父亲和卢叔叔各自半瓶小酒，你劝我让，频频碰杯，喝得有滋有味，红光满面，直喝到日头偏西，卢叔叔微醺中晃着空酒瓶，父亲的半瓶酒恰好见了底……

挂拐

　　不知什么时候天空飘起了雪花，学生宿舍没暖气，这天寒地冻的，孩子们都休息了吗？晚上作息铃声过后，值班老师闻莉莉心里放不下学生，裹紧衣服，快步走出学校值班室。

　　浓浓夜色里，很小的雪花从灯光的缝隙中落下。她路过教学楼附近时，看见一个瘦小的身影在楼前徘徊，这么晚了，会是谁？她悄悄走过去。

　　"哼，你们离婚了，各自远走高飞，不管奶奶的生活，还让我弃学回家，这到底是为什么？是你们再三逼我的。好，今晚我会让你们后悔一辈子，后悔一辈子的……"泪眼蒙眬，自言自语说着含糊话的孩子，是初三（二）班的女生王小雨，闻莉莉班的学生。

　　"小雨这是怎么了？"有种不祥的预感袭来，闻莉莉心一颤，"孩子，熄灯了，这大冷的雪天，咋还不回宿舍休息？"闻莉莉尽量凑近背靠自己的王小雨，轻言轻语说着暖心的话。

"你是谁？别过来……"王小雨并没回头，听话音，情绪很激动。

闻莉莉没敢再向前挪动脚步，平息了一下心情，说："是小雨啊！我是你闻老师，过来看看你们休息了没有？看看，今冬的第一场雪，多美丽的景致啊，可惜，却悄悄飘落在夜色里。你一定也是出来赏雪的吧！要不，老师陪你随便走走观雪景，聊聊心里话？"

"是闻老师啊！没用的，你别过来，我都想好了。我和这美丽的雪花再多待会儿，就该上路啦！"王小雨双肩抽搐，声音悲愤嘶哑。

"呀，孩子，你和我女儿一般大，能有多大点儿事？和老师说说，可不许做傻事。"说着暖心的话，闻莉莉试图靠近王小雨，想一下把她抱在怀里。

倔强的王小雨没说话，突然转身，"噔噔噔"快步跑上楼梯。

王小雨突然跑上楼，这是闻莉莉没料到的。"如果她跑到楼上？会不会想不开呀！小雨……孩子你回来。"闻莉莉惊出一身冷汗，"噔噔噔"疯了般，甩开两腿追上去。

二层楼梯处，闻莉莉抓住了小雨的衣袖。小雨没说话，只是拼命用力甩开，闻莉莉脚踏楼梯，站立不稳，"噔、噔、噔"滚了下去……

"啊，闻老师你咋啦？"王小雨声音凄婉，浑身战栗，没再挪动一步。她听到一个因痛苦而微弱的声音传来："孩子，别出声，快回宿舍！我自己不小心摔倒了。快，快回宿舍，一定要听老师的话，好吗？记着，孩子，以后我就是你妈。"

大约一刻钟后，"120"急救车赶到，医护人员救起闻莉莉，车飞驰般去了医院。

医院诊断结果：下楼梯时不慎摔倒，膝盖骨骨折，骨节受损，无法做屈腿动作。

接诊的医生说："韧带损伤得比较厉害，至少一个月不能动弹，之后还要休养数月，否则可能会留下后遗症。"

一周后，放心不下学生的闻莉莉，由丈夫背着下了楼。丈夫说："家离课堂虽不远，平时最多走一刻钟，现在搀扶着她挂双拐走路，每次至少要一个多小时。到了学校，我再背她到三楼的教室。"

"不待在家养伤，咋还挂拐来上课？"一时间，学校师生，众说纷纭……

老伴儿

　　和妻子一起听过一堂讲座，现场很多人都哭了，心软的妻子更是哭得稀里哗啦。不知啥时候，一向以"硬汉"自居的我，眼睛也潮湿了，这到底是一场啥样的讲座？让人敞开心扉，肆无忌惮放纵着自己的眼泪。

　　说来凑巧，第二天是周末，一大早就听见隔壁二叔家传来摔盆砸碗的"叮当"声，二叔二婶怒气冲冲，你一言我一语互不相让，吵闹不休。

　　没有多想，我快步来到二叔家。见我进了家门，二叔说："大侄子，你来得正好，快给我评评理，看看到底怨谁？"

　　二婶看着地上摔碎的碗片，挤眼抹泪一脸委屈，"说说就说说，看看你这瞎包脾气的二叔，不知好歹，侄子你给评评理，看这到底谁对谁错？"

　　"好好好，今儿个侄子就一碗水端平了，给您二老评评理，看看到底咋回事？二叔你先说说。"深受那场讲座的感染，我动了心思，招呼气呼呼的二叔二婶都坐下，先挨个听听老两口各自说说自己心里的"苦"，道道各自肚里受的"冤"。

二叔干咳两声，指指点点开了腔："我有糖尿病至今五六年，今儿个早饭，你二婶在熬的小米稀饭里放了几个大红枣，弄得稀饭如加了蜜。唉，你说说这不是害我吗？"

"那好，接下来让二婶也说道说道。"

二婶抹把泪，唉声叹气开了口："这个没良心的老犟种，你血糖高我能不知道，这些年里我怕你馋管不住自己的嘴，连个西瓜都没敢往家里买，一年四季给你蒸杂面窝窝，陪你天天吃青菜，喝杂面粥。这不昨天闺女来看我，给我捎来些小米和红枣，我琢磨着能不能改善下伙食，喝顿几年都没尝过的小米稀饭，于是我私下问村医行不行，村医说偶尔喝顿小米粥不碍事。看看，今儿个我嘴馋熬饭加了几个枣，没想到啊！竟惹来'噼噼啪啪'这一出……"

"呀，是这样？那我要先和二叔二婶做个小游戏，你们一定要用心配合好，咱一会儿再评理行不行？"

二叔说："一定行！"

二婶答："我看行。"

心中有了数，我先对二叔说："您用心思量，说出您现在难以割舍的十个人，再一一去掉，最后剩下的那个人写我手心里。"

二叔沉思一番，掰着指头说出了十个人的名字来。

"二叔，在这十人里面，请二叔去掉一个您认为最不重要的人。"

二叔照办，去掉了一人。

"请您再去掉一个。"

"再去掉一个。"

……

"呀，这最后剩下的一个，咋是她？"二叔面对自己最后的选择，一脸惊诧，喃喃自语："是啊，一生不管怎样度过，尽管平平淡淡的日子里不乏'吵吵闹闹'，可真正无怨无悔奉陪自己、守候自己到生命最后一刻的人，除了她，还能是谁？"

我暗自一笑，却不露声色，目光转向二婶："二婶，该您了。"

　　二婶先是眯上眼，想了一会儿，慢慢数着说，但去到最后，"啊！难道我被气糊涂了？咋会是……"二婶抬头瞅一眼二叔窘迫木讷沧桑的老脸，心生怜意，心想一辈一辈人，如四季更替，谁能躲过这自然规律，爹娘会先我们而去，孩子也已经长大成人，离家组建自己幸福的小窝，真正能陪伴谢幕、守候自己度过一生的只有他呀。

　　"好了，请二叔二婶把保留的最后那个人，写在我手心吧。"

　　我伸出双手，用心感受。呀！左右手心，咋是同样的两个字……

衣"旧"心暖

　　初冬时节，寒流来袭。"正能量"义工协会的志愿者们和往常一样，每个周末不管有事没事，大家都习惯性地聚在会长常恩泽家里，一起开个所谓的碰头会。常恩泽大声招呼妻子端来水果，泡好茶，等候志愿者到齐了再开会。

　　"实在不好意思，来的路上遇到一位提着大袋蔬菜、小包花生的老人，说是进城看闺女，我就绕了个弯把老人送到闺女家。看看，这紧赶慢赶的，还是晚了约定开会的时间。"爽朗的笑声里，匆匆赶过来的志愿者小王，向大伙诚恳地道着歉。

　　"做得好！给你点个赞。这也是咱当初组建这个'正能量'协会的初衷啊。"常恩泽说完竖起大拇指。

　　"应该的。这不，老人的闺女说着感谢的话，还'不依不饶'硬是塞我兜里一把花生。"

　　该来的志愿者到齐了，常恩泽招呼大家坐下来说："'母亲河'南岸滩区，有一些留守的贫困老人和儿童缺少过冬的棉衣，这事咱不能撒手不管。可具体怎么办？请大家畅所欲言，咱好拿个有效可行的主意，尽快操办，行不？"

"行，都是喝黄河水长大的父老乡亲，决不能眼看着不管，这事咱一定要帮！我回去就立马召集家人和亲戚朋友，把多余的棉衣棉被收集起来，明天上午这个点一准送来。"开出租车的老李快言快语，掷地有声。

"好，我家仓库里还有去年积压的大小几十件羽绒服呢，全捐出来。"做服装生意的小李站起来，热情高涨。

小区物业办主任卢小娟说："俺小区的人素质高，上次配合市工会开展的为贫困村送温暖活动中，俺只是在物业办公室的墙体上挂了个征集通知，没想到半天时间就接受捐赠衣物三百多件。自那时起，俺就受到启发在物业办门口建了一个捐衣捐物长廊，昨天我粗略统计了一下，最近小区居民陆陆续续捐赠的衣物不下几百件。这次算是派上用场了……"

"我有个建议，我和老伴都退休在家，相对你们较清闲些，我具体负责接收和管理。同时全力做好捐赠物品的登记分类、清洗消毒，并和大家一起去滩区村里发放。对了，我和女儿家至少能替换出来棉衣棉被十几件，我全捐了，没说的。另外，女婿自己有个食用油厂，我让他捐出五十桶花生油来，一起带上……"机关退休的老郑，是"正能量"协会的秘书长，德高望重，多年热衷慈善事业，说起话来入心入耳，滔滔不绝。

听完大家的意见和建议，常恩泽起身给大家鞠了一躬，带头鼓起掌。"太好了！没想到大家热情这么高，意见建议这么好！还考虑得这么细致周到，没想到……"

几十里的路程，不到一个小时，满载捐赠物品的车辆就开到了滩区的那个村口。

"志愿者！"随着领头老人兴奋高亢的一声喊，喜庆的鞭炮"噼里啪啦"在村头炸响，飘出好远，好远……

暖心的猪蹄

儿子患急性肺炎住进了医院，心急火燎的莉莉请了三天假日夜陪护。第三天医生查房时，莉莉小声问，孩子能尽快出院吗？医生说，不行，至少还得治疗观察三四天！莉莉想丈夫援藏一时半会儿回不来，年底工作忙，也不好意思开口再续假，要是婆婆在就好了！可是自从前一段时间闹过那场不该发生的"误会"后，婆婆就再没踏进过我们家的门呀。

一年前，丈夫为了减轻莉莉既要工作还要照顾孩子的负担，从农村老家接来婆婆。婆婆来家后，不但天天接送孩子上学，还主动承担起了家里的一日三餐。可，婆婆是吃过苦、挨过饿，过惯了穷日子的人，家里每天吃不完的剩菜剩汤，她"宝贝"似的一点舍不得倒掉，而是留下来下顿温热了自己吃。有时，菜少吃干净了，婆婆会一手端起盘子，掰上一块馍，擦净盘子里的所有油水吃了才罢休。

那次，家里来了客人，剩下不少饭菜，见婆婆弯腰收拾餐桌，莉莉说："您这样留下来剩菜剩饭自己吃，让别人看见了，还以为我这个当媳妇的不孝顺，虐待您呢？"

婆婆放下手中的盘子说："你没经过苦日子，无法体会到有多苦，剩下的饭菜这么好，吃了不疼，祸害了心疼！"

莉莉问："万一您吃下生病了怎么办？您儿子能不抱怨我？"

婆婆说："不会怨你，我生我养的儿子，我有数。"

"您有数，可我没数。"莉莉端起餐桌上的剩菜剩汤，不顾婆婆劝阻，一股脑儿倒进垃圾桶。

婆婆扯着莉莉的衣袖说："没大没小的，怎么能这样对待我？"

婆婆一气之下坐上了回农村老家的车……

想到这件事，莉莉愧疚地说，当初为啥就那么傻呀，咋不追出门，给娘赔个不是，道个歉，把娘劝回来？老人不记儿女过！一定不会的……莉莉自言自语，拨通了农村老家的电话。

三天后，医生查房时说孩子已经康复痊愈，明天可以出院了。孩子出院那天上午，婆婆细心利落地收拾好一切。拉着孙子的小手说："乖孙子，你的病好了，奶奶也该回家喽。"天真可爱的孙子，扯着奶奶的衣角，依依不舍。"奶奶，这几天没白没黑的累着您了，我病好了，您就去俺家多待几天，陪陪我好吗？"

请了半天假，莉莉匆忙来医院接儿子，恰好听到儿子和奶奶的对话，她擦擦眼角的泪花，接过话茬儿说："娘，您就看在孙子求您的份儿上，回咱家住几天吧！我……我，对了，光顾说话，差点忘了。娘，您看看，我专门给您买了个热乎乎刚出锅的大猪蹄。"

婆婆眼一亮，善意地笑着说："嗨，家里不缺吃不缺喝，恁贵！买啥猪蹄？"

"哎，媳妇孝敬您的。娘，快，趁热吃，可香了！您要是吃不完剩下了，咱不扔，下顿热了媳妇吃……"

丢钱记

亮亮刚过八岁生日那天，一不小心钱丢了。

"俺爹让买'洋油、洋火'的钱丢了！买不回，夜里咋点灯呀！"亮亮揉着红红的眼睛，蹲在地上不停晃动着身子，就差没咧开大嘴哭出声来。

"咋办？凉拌呗。回家挨你爹的大巴掌，哭着满地找牙呗！哈哈。"一旁喜欢惹是生非的强强，听说亮亮丢了钱，幸灾乐祸，一脸坏笑。

"狗嘴里吐不出象牙来，快滚一边去！人家亮亮跟咱们一起来买东西，不小心丢了钱，正伤心难过，你咋落井下石，说出这样混账的话。"明明上去就是一脚，重重踹在强强厚实的屁股上。

"哎呦呦，我又没说你，真是咸吃萝卜淡操心，你充啥能？敢踢老子！欠揍的料，不想活了……"强强也不是软柿子，咬牙切齿耍起横。他一骨碌从地上爬起来，嗷嗷叫着不顾一切，恶狠狠地扑向明明。

"恃强凌弱的狗东西，有种了是不？尽管放马过来，看我咋收拾你!"明明见强强来势凶猛，顺势一个利索的扫荡腿，只听"啪叽"一声，绊了强强一个"狗吃屎"。

"哎呀，哎呀，没磕掉牙吧! 啊啊……"强强哀叫着，屁股着地，努力撑起身子。

"哼! 服不服，要不大着胆子再试试，看能不能打得你哭爹喊娘，满地找大牙!"明明上前一步，双手叉腰，大声斥问。

"哼! 不给你点颜色看看，你是不会知道'马王爷有三只眼'，今天就让你尝尝小爷的厉害!"强强迅速爬起来，用足"猛虎下山"的劲，使出一招"恶狗扑食"。

"呀! 看来你小子不服气啊!"明明双脚腾地闪挪，眼疾手快，顺手抓住强强的上衣领子，右腿起落间，强强的屁股早挨了一脚。

明明用脚蹬在强强的屁股上，问："哼，要不要起来，再大战几个回合?"

两个回合，挨了两脚。强强意识到自己就算不轻敌，也绝不是明明的对手。见明明咄咄逼人，脚踏着自己的屁股，哪里还有还手的余地，他赶紧哆哆嗦嗦爬起来，双手作揖状，大声喊叫着："明明哥，饶了我吧! 我服了，服了还不行吗?"

"哼，我可没说行! 说，你哪里错了?"

"我，我不该落井下石，取笑丢钱的亮亮。更……更不该跟你耍横玩硬，动起手。"

"接下来该咋办?"

"这……对不起亮亮，我错了! 我道歉! 对不起，明明哥，原谅我吧!"

"好了，这事不提啦! 来来，咱说正事!"明明招呼过来一起来邻村代销店买东西的小伙伴，问亮亮："到底丢了多少钱?"

亮亮左手提着个空空的洋油瓶子，右手挠挠头皮，说："七毛钱全丢了! 俺爹说灌四毛钱的'洋油'，买两毛钱的'洋火'，剩下一毛钱是奖赏俺的。"

"我看，这'洋油、洋火'必须买，这解馋的一毛辛苦钱，就免提了!"

"这? 我……"亮亮没明白明明话的意思，支支吾吾，一头雾水。

"我看这样吧，除了亮亮，我们一起来的四个人，每个人少买一毛五分钱的东西，节省下来补给亮亮买'洋油、洋火'回家好交差，行不?"

　　"学雷锋做好事，我愿意!"没想到强强第一个举起拳头晃悠着，声音喊得洪亮。

　　"我愿意。"

　　"我愿意。"

　　"我也愿意。"

暖在心底

"谁？"

"你爹。"

半夜三更，黑灯瞎火的，爹端着一碗白开水站在张磊的床前。

"爹，你咋不开灯，吓我一跳！"酒后的蒙眬中，张磊睁开眼问。

"傻小子，水还没凉到刚好喝的温度，爹不是想让你多睡会儿吗？现在水不是太热了，你赶紧喝了吧。"爹回着儿子的话，摁下电灯的开关。

张磊揉着眼睛坐起来，见爹还不时地用嘴吹着碗里的热水，他小心翼翼地从爹粗糙的手里接过碗，碗里的水不热不凉，伴着愧疚，一饮而尽。

"酒喝多了吧。好好休息。我再给你倒上一碗，过会儿端给你……"

前天，是远方一个陌生的电话惊动了张磊的神经，那个陌生而又熟悉的声音传来的是意想不到的惊喜，经年别离，做梦也没想到会是日思夜想的你！渴望心灵相遇的张磊，没有丝毫犹豫，当天就定好了回老家的车票……

爹说："儿啊，同学几十年不相见，能相逢再聚是个好事，一定要倍加珍惜。你们相约的那个叫'小城故事'的饭店，路况我熟悉，爹送你去。"

昨晚，爹执意相送，张磊没再推辞。坐上爹那辆破旧的三轮电动车，拐了几个弯，半个小时的路程就到了相约的饭店。六点十分，张磊和三十年不曾见面的几位初中同学终于如愿在一家小店相聚。诉衷肠，话忧伤，心欢喜，一壶经年老酒，一声兄弟情长，搂着肩膀，闪着泪光。频频举杯中，记忆如潮汐般涌动起来，那幼稚可爱的一幕幕，那同窗共读的美好时光，还有那青涩的爱恋，鲜活如初，恍若眼前……

"还记得不，那时你顽皮可笑的'恶作剧'？坐我后排的你趁我站起来的间隙，偷偷拿走我的座椅，害得我差点儿一屁股坐在地上。说，是不是你？"

"你小子现在该招了吧，隔壁班里的那个女孩是不是给你写过情书？要不，毕业时她咋会冲着你'挤眼抹泪'？"

"说谁呢？你那点糟事能瞒得了我，动了心思，偷偷摸摸喜欢人家前排那个漂亮女孩，却不敢说出来，一个晚自习能向人家借三次橡皮，还'明知故问'没话找话地和人家探讨老掉牙的'历史'问题，那青春飘逸闪烁的眼神藏不住青涩，不知是否俘获了女孩的芳心？"

"坏人一个，'打人不打脸，揭人不揭短'。来来，敬你一杯酒，看能不能堵上你这张破嘴！"

张磊招架不住同学的再三劝让，端起杯抿了一小口。轻轻放下酒杯，略有醉意的他自言自语："是啊，同学少年，纯洁无瑕的心灵里，露珠一样纯净的眼睛里，珍藏的都是一生最美好的记忆！转眼青春不再，已是不惑之年，扛着'希望'和'重担'，经历着人间春雨阳光或风寒露冷，混好混孬的，就是彼此有些念挂，勿论时光失，不相忘。"

"我们唱首歌吧。"张磊提议。

没有虚伪的客套，是一句话，一个眼神，一个动作都倍感亲切的自然流露，暖情、暖意、暖心，同学几个齐刷刷站起来，相互牵着手，唱起那首熟悉的歌——"……明天你是否会想起，昨天你写的日记，明天你是否还惦记，曾经最爱哭的你……"

秋水长天，激情点点震荡，挥洒浓浓情愫，温暖相随里唱出的歌声"稀里哗啦"，却眼含着泪花，再次同举杯……

张磊跌跌撞撞回到家时，已深夜时分。因喝多了酒，他衣服没脱就躺在床上迷迷糊糊睡了。爹披衣下床，轻开屋门，小心翼翼地给儿子盖好被子，转身出来倒上一碗白开水……

两只烧鸡

现在来说，两只烧鸡根本不算什么，可在儿时的记忆里，每年都会掰着手指头盼中秋节。除了香甜的月饼，能馋出口水来的是那浅红色微带嫩黄的烧鸡。

记得那年八月初十，爹一大早从集市上买来两只用荷叶包着的烧鸡，馋得我口水都流出来了，恨不能马上拽下个鸡腿解解肚里的馋虫。爹见我"贼"一样盯着烧鸡不离开，大手摸着我的小脑袋，问："馋了？"

我咂咂嘴，使劲点着头。

"走完亲戚串完门，一定给你吃烧鸡。"

"走完亲戚串完门，那烧鸡不就没了么？骗人！"

"傻小子，你哪里懂，放心吧！送出去的烧鸡，一个不少能回来，信不？"看爹不像开玩笑的样子，反正我就信了。于是，八月十五前的那五六天里，我就一门心思，等呀等，盼呀盼……

阴历八月初十那天，爹和娘带我去姥姥家。开饭时，爹娘非要撕开一个烧鸡吃，我屁颠屁颠跟在爹的后边，心想终于要吃烧鸡了。可姥姥拦着爹娘，说啥也不让吃！说："你们的孝心我理解，可现在你们家里日子不好过，还有重要的亲戚要走动，等以后生活宽裕了，再吃你们拿的烧鸡也不迟。"爹缩回拿烧鸡的手，娘抹抹眼睛没吱声。

八月十一，爹去了他多年的朋友家。吃过中午饭回来，我好奇地看了看走亲戚的提包，傻眼了！少了一只烧鸡，一斤月饼。看来明天爹再去走亲戚，要去集市上再买回一只烧鸡和一斤月饼了，因为当时农村有一个不成文的规矩，走亲戚串门礼物不能为单数。

八月十二一大早，我还没起床，就听到敲门声。

"哥，你咋来恁早，快进家。"听到爹的招呼声，我知道一定是爹昨天走过亲戚的仁伯伯来啦。

爹招呼娘炒了四个小菜，当然要算上每次来客人都少不了的一碟水煮花生米和一碟自家腌制的黄瓜条。那个早上，我爹和仁伯伯还喝了一壶酒，俩人相互劝让，唠着开心的话，亲如兄弟。

临走，爹和仁伯伯互相撕扯着，最终仁伯伯硬留下一只烧鸡和一斤月饼才肯离去。就这样我家走亲戚的礼物，又恢复了原状。不过，我清楚记得，因为相互撕扯激烈，留下的那只烧鸡的一条腿已经离开鸡身，几乎要掉了。

八月十三那天，爹把那只烧鸡重新包装了一下，去了他另外一个朋友李叔家。不出我所料，回到家时，又是少了一只烧鸡和一斤月饼。

八月十四上午快吃饭时，李叔来俺家走亲戚……

直到那年八月十五晚上，俺家仍然有两只烧鸡和四斤月饼。圆月前，爹和娘带着一只烧鸡和二斤月饼去了爷爷奶奶家，不一会儿就回来了。

深蓝色的夜空挂着一轮皎洁的圆月，引起我美好的遐想，照亮我年少的心房。这时，娘从屋里搬出家里唯一的木椅子，拿出那只烧鸡、月饼和苹果摆上。娘小心翼翼地拆开荷叶包裹的烧鸡，然后对着圆月自言自语，不知说了些什么？

"馋儿子，吃吧。"娘递给我一块跟月亮一模一样、香甜可口的月饼。

"馋了吧！来，先给你个鸡腿……"我瞪大眼睛看得真切，爹快速拿起递给我的那个已经脱离鸡身的烧鸡腿，是我熟悉的。接下来，爹把那只烧鸡分成两半，拿起带鸡腿的那半只烧鸡和两块月饼，"当当当"轻轻敲开了隔壁孤寡王大娘家的门……

奶奶咋哭了

　　"死老头子，快七十岁土埋脖子的人啦，恁会过干啥？天天早起晚归收酒瓶，一分分攒起来，能攒个金山银山？唉！"娘一脸愤然和无奈，叹口气，开始清洗爹从菜市捡来的菜叶和从肉摊讨来的一袋猪骨头。

　　"菜叶子咋了？好好的呢，洗净了不一样吃。大骨头好啊！那炖出的汤才叫营养呢。这不花一分钱'荤素'都有了，多好的事。"爹不急不躁乐呵呵地应着娘的话。

　　娘说爹只要是去买菜，总能捡来大"便宜"，这算算经济账，一年当真省了不少菜钱。本来姓寇，都被人称呼为"老抠"了，爹还当真一点不在乎，说抠点咋了？又不偷不抢，不犯啥法。不过，爹有时也很大方，只要是儿子儿媳带着孙子回老家，他都会早早买来二斤精肉和新鲜的蔬菜。

　　娘常念叨，儿子远在离家一百里开外的城市工作，生活也不差，为啥就放不下心来，还整天念叨着，要给儿子存点钱，万一他有急用呢？还有孙子考上大学，当爷爷奶奶的能不出个学费……

"唉！儿大不由爹娘了，这一年才回几趟家？每年不是提醒着，早把你这糟老头子的生日忘到'九万八千里'外了。听儿媳妇说你那宝贝儿子常跟所谓的朋友打牌，有时一晚上都能输上几千块。你算算，这些钱你要收多少酒瓶子才能赚回来？"娘不依不饶数落着爹。

"下次儿子回来，我要好好说说他，打牌输钱不说，对身体也不好，那是不务正业啊！"爹掐灭手里的劣质烟，心里暗暗盘算起儿子回家的日程……

"爹，娘，我回来了。"儿子回家总是未见其人先闻其声。

"不是下个月该来吗？咋提前了？"娘闻声丢下手里的针线活，急慌慌出屋门。

"娘，俺爹呢？"

"你爹不知道你们今天来，这不一大早就出去收酒瓶了，要到中午吃饭的点才能回。家里也没准备啥菜呀，这可咋办？要不，你给你爹打个电话，让他拐个弯去集市上买点菜。"

"娘，我知道俺爹的脾气，每次来都是娘忙乎大半天给俺做饭吃，今天俺带着菜来的，不让娘受累下厨了。"儿媳妇晃晃手里的两个塑料袋，笑眯眯说着暖心的话。

"奶奶，俺爸妈还专门给您和爷爷买了新衣服呢。"十岁的孙子咧嘴笑笑，牵着奶奶粗糙却温暖的大手。

"娘，这才不到十一点，我爹能去哪？要不我去找找爹。"

"还能去哪？整天骑着他那个破三轮车，就在咱周围的几个村里瞎吆喝。"

听不进娘的劝说，儿子儿媳执意去找爹了……

孙子见爸妈一走，凑近奶奶说："奶奶，你知道俺爸妈为啥今天来吗？还说以后每个周末都带我来看爷爷奶奶呢。"

"为啥？"奶奶一脸疑惑。

孙子神秘地趴在奶奶的耳边说："上个周末我和爸妈去市里道德大讲堂

听了一堂课，听得爸妈眼泪稀里哗啦往外流，有一阵子都哭出声来了。"

"人家说啥了？你爸可是从小没受过半点委屈，是打你爸妈了？还是骂你爸妈了？"

"奶奶，你说的哪里话，人家没打也没骂。"孙子撇撇嘴，小脑袋摇晃得拨浪鼓般。

"那，咋会？"

"那天，讲课的老师说，让听课的人都掐指算算，从现在起还能有多少日子陪陪家里的爹娘？爹娘在，回家还能叫声爹娘，多幸福呀！可，爹娘一旦去了'天堂'，就再也找不回来了，再回老家你还能奔谁去，也只能是每年去爹娘的坟上烧烧纸、上上香，哭天喊地再见不到生你养你的亲爹娘！奶奶，你可不知道在场的人一个个哭得泪人一样，俺爸爸牵着妈妈的手、抱着我'呜呜'哭得眼睛都红肿了。我长大也懂事了，想起爷爷奶奶对我的好，流的泪都打湿了俺爸爸的肩膀……"

"奶奶，你咋哭了？"

"傻孙子，奶奶高兴……"

心声

医学博士郝卫民是省城三级医院的普外科专家，那天是他坐专家门诊。他提前一刻钟来到医院普外科门诊时，门口已排起十几人的长队，这些大都是慕名早早赶来等待他诊病的患者。

"早啊，让你们久等了。"郝医生打着招呼，迅速开门接诊。

陆续有诊过病的患者走出门诊，或无大碍轻松离去，或需要去做进一步化验检查，或已经确诊去办理住院手续……

这时，郝医生正在专注询问一位患者病史。没敲门，就慌慌张张挤进来一位六旬左右的老人，他是远道而来找专家看病的张大爷。他一脸困惑不解，话里透着不满，不顾郝医生正在诊治病人，就在现场大喊大叫着："你们这医院也太糊弄、欺负我们农村人了，我明明挂的是一个专家号，导医凭啥指导我来这普通外科？"

郝医生一愣，很快就明白过来。脸带微笑，起身招呼大爷坐下来。说："大爷，你先别激动，我就是专家呀。"

"哼！装啥行。我这把年纪'没吃过猪肉，也见过猪跑'，明明挂的是专家号，咋就是普通外科了，你怎么可能是专家呢？不是诳人，这是要干啥？今天，不给我个说法，我要去投诉，看看有人管不？"

"嘿嘿，这个大爷真有趣。"就医的患者也被大爷无理取闹的话逗乐了。

"唉！笑啥？不就是要个说法，论个理，难道还错了不成？"

"呃，大爷，我叫郝卫民，是普通外科专家。您别生气了，气大伤身，是不？"

"嘿嘿，听听，承认了吧！没人逼你，这话可是从你自己口里说的。"

经年工作在"普通外科"，这个称呼实际上还真闹过不少笑话。郝卫民想，当时昆明暴恐袭击的时候，因为很多是砍伤，国家派了普外科最好的专家到现场去救治。结果，网上的网友说，都到什么时候了，怎么还派"普通"的大夫，不能派一些"高级"的大夫吗？看了网友留言，真让人哭笑不得。

"唉！大爷，普通外科在医院里也简称为'普外'或'普外科'，是以手术为主要方法治疗肝、胆、胃、肠等疾病，以及外伤等其他疾病的临床学科，是外科系统最大的专科，不是'普通'外科，每天都有专家坐诊，没错的。"

"大爷，这'普通外科'不都是'普通医生'，今天坐诊的就是医院知名的普通外科专家郝医生，没谁骗你。"

"普通不普通，真的吗？唉！俺是普普通通的庄稼人，这不一看这'普通'俩字，就和俺的身份靠上边了。嗯，要是没有这'普通'俩字，也不会误会了，咋就不能去了'普通'这俩字？"

"嗯，大爷，去不了。我先给这位大姐诊断，您稍等，一会儿就给您看，行不？"

"哦，行行行，我等会儿。"张大爷消了气，若有所思，不再吱声。

……

张大爷确实病了，并且需要手术。

三天后，手术条件成熟。郝医生亲自主刀为张大爷做了手术，而且手术非常成功。手术时张大爷是麻醉的，需要有一个逐步复苏的过程。郝医生推着病人、护士手里举着吊瓶跟在一边。就在要进入病房时，郝医生提醒张大爷"张大嘴，放轻松，深呼吸"。

可能是麻醉药劲没有过，张大爷听到叫他张大嘴，还以为郝医生因上次门诊的事记仇、故意戏弄讥笑他。他气憋心中、不配合。心想，哼！赖不掉的，这可是我亲耳听到的话，走着瞧吧！

三天后，张大爷恢复得很快，精神头不错，能下床自由活动了。他嚷着非要出病房活动活动，谁知？动了心思的张大爷，把郝医生给投诉了！

张大爷实名投诉郝医生的事，引起医院领导高度重视。院长说，"医者仁心，医德事大。什么是专家？妙手回春、让手中的病人重获健康和生命的尊严，这样的医生就是专家；什么是医德？心慈行善、视病人为衣食父母就是医德！没有医德之人，学识再渊博，医术再高明，医院也绝不姑息迁就。"

经过一天的走访、调查核实，医院指派到普外科专项调查了解郝医生的三人小组，很快形成了书面材料，并向院委会作了专题汇报。

听完汇报，与会人员都笑了！

……

比预想得快，张大爷康复要出院了。

出院那天，张大爷的儿子为他办好出院手续，回到病房没看见爹，问娘："爹呢？"

"呀，你爹咋还没回来？你去办出院手续时，你爹猴急猴急地草草扒拉了几口饭，向我要了三十块钱，说是出去转转一会儿就回来。我问他啥事？他瞪我一眼，话没一句，出了门。唉！这个犟老头子。"

"哎呀，娘，你咋不拦着爹。他那性子，这要是再捅出啥娄子？唉！我这就赶紧去找爹……"

"嗯，不用找，我回来了。"儿子还没走出病房的门，爹就推门进来了。

见匆匆回来的张大爷，满脸是汗，双手捧着一面锦旗。红色锦旗上靓丽的黄字醒目、入心"普通不普通，误会怨恨生。菩萨心一颗，妙手郝医生"。

院长的紫砂壶

"听说了吗？最近院长得了个价格不菲的宝贝——紫砂壶。据说这个壶是紫砂中的瑰宝，大师级精品，此壶大气稳重、高贵典雅，其艺术价值非同一般、值得细细品味。可，不知谁送的？"

"听说是他一个搞房地产的大款朋友送的，院长可待见这个紫砂壶了，宝贝似的每天都用好的茶叶泡着，一天还擦拭好几遍呢！这紫砂壶乃茶之利器，养壶，玩壶讲究大了。"

"对的，养壶、玩壶如今已成为圈里一种时尚风向标，是身份的象征。咱这医院上千号人，家大业大，院长功不可没，只要不贪腐，只是养个好壶不足为怪。"

"呃，我咋听说那个紫砂壶可是一位和我们医院有业务往来、颇具实力的医疗器械商送的呀，据说还是个被历代文人所推崇的宜兴紫砂。'人间珠玉安足取，岂如阳羡溪头一丸土'。这一丸比珠玉还要贵的土就是紫砂泥啊！无功不受禄，出手如此大方，恐怕是这'壶里壶外'一定有点道道吧，听主任说这'宝壶'至少要两万多块！无所求，没点猫腻，出手岂能如此大方？"

"俗话说得好，玩物必丧志，这怕是要得了'宝壶'懒作为了！'万丈红尘三杯酒，千秋大业一壶茶'。茶之大者钟爱紫砂，这说的是一点不假啊！上个周的例会院长晚到一刻钟，说是接待客人耽搁了，还假惺惺给大伙道歉，屁话！八成是'乐不思蜀'鼓捣他那'宝壶'忘了开例会的点儿了。昨天我去他办公室汇报工作时，眼见他只顾摆弄'宝壶'，连头都没抬一下，只是'哼哈、嗯嗯'心不在焉地应付了我几声，鬼知道入耳没？"受过处分的一位科长，逢人就添油加醋地散播着不知真假的小道消息。

……

这些传播的话是真的吗？怎么会这样？昔日兢兢业业、令人尊敬仰慕的院长可是我们医疗界的骄傲啊！医院这几年蒸蒸日上、一年一个新台阶，成绩来之不易啊。小可为人善良正直、业务精湛，是全市专业技术拔尖人才、医院最年轻的神经外科主任，他和院长是上下差两届的校友，听到这吹进耳朵里玄乎缥缈的杂音，心里起了不小的波澜。这话能传到院长耳朵里吗？院长啊院长，不是我说你，这是无风不起浪啊，你可不能让这一把可有可无的小壶坏了名声，落下个不作为、懒作为的下场来！唉，不能听之任之，适当时候要给他敲敲边鼓，提个醒！

第二天一上班，小可去了院长办公室。

"啪"，院长办公室传出一声脆响。"我只是想给您倒杯茶，不小心失手把您的'宝壶'摔了，这……您看？我赔。"小可说着道歉的话，慌忙躬身捡拾落地的紫砂壶碎片……

小可打碎了院长紫砂壶的消息，风一样吹遍医院的角角落落，随之而来的心态各异、荒草般的议论声在医院此起彼伏……

看小可过来啦，同事们立即围了上去。

"小可，到底咋回事？受了委屈说出来，我们给你评理去。"

"谢谢同事们关心，捕风捉影的猜疑大可不必。院长说这个紫砂壶是他女儿买给他五十二岁的生日礼物，一对三百元！我当时就愣了，院长怕我有顾虑，还拍着我的肩膀安慰，碎了就碎了，'碎碎'平安嘛，没啥。嘿嘿，最后还撂下一句'狠话'……"

"啥'狠话'？知道不会轻饶你。"

"院长说，有关紫砂壶的风言风语他也听到一些，作为一个老党员，他不会贪图安逸，越雷池，触高压，'疾风知劲草，烈火见真金'，要求我好好工作，多做两台手术就行了。"

"是这样呀？那你咋又把这个烂壶拿来了？"

"我说赔他个一模一样的紫砂壶，他说啥也不让！可故意打了院长的壶，你说说这心里能过意得去吗？我把碎片拿回家，用鸡蛋清把碎了的紫砂壶一片一片粘起来，就是要放到我办公室显眼的地方，这壶碎了多少片，我就要加班做多少次手术，要不这心里愧疚啊……"

考核

　　临近年底，老文安排召开中层干部会。其中，一个重要议题就是部署明天进行的年终考核。走进会议室，老文一改往日堆满笑容的脸，来回环顾会场一圈，看到人员来齐了，故意干咳两声，清清嗓子，宣布开会。

　　铺开几天时间深思熟虑的结晶、自己闭门埋头写了老半天的几页文稿，老文严肃认真地说："今年的考核，优秀名额就评十个，重要的是考核等次直接关乎今后个人职务的晋升。当然了，同志们的选票很关键，但重点还要看平时的表现和一年来的业绩，这是综合评价，是领导关心考虑的事，也就是说我这个'一把手'负这个责。"

　　其实，大家心里都明白年终考核的分量，也能充分认识到它的重要性，辛辛苦苦一年，哪个不想争优当先进。奖金事小，那晋职晋级可决定了人一生的命运！

　　会议刚结束，考核的消息，就风一样吹进单位的角角落落，挤占了每个人至少一半的心思，温暖着有望评上优秀的员工，人们议论着，猜测着，脸上漾着淡淡的幸福。

第二天，单位全体人员汇聚一堂考核争优。老文简短的讲完话，宣布进行考核，会场在一片稀落零星的掌声后很快静下来。大家心里各自打着"小九九"半遮半掩填选票。

此时，与刚才讲话时判若两人的老文又恢复了往日的笑容，前后左右移动着会前打理得油光泛亮的脑袋，像摄像机镜头一样四处环顾，不时地在几个充满自信的男男女女身上时而停留，时而漂移。

"好，考核就是好，一准能考出友谊，考出水平，考出单位团结友爱和积极向上的好风气！"并没人和他搭话，老文自言自语起来，他此时有点膨胀的心里甚至还想到明年要创新考核机制，实行半年一考核，年终综合评优，看似不动声色的脸上露出一丝不易察觉的微笑。

评票结果出来后，经过研究，当天下午考核结果公示。意料之中的是，业绩和人缘都比较突出的七位没有悬念斩获优秀等次。而出乎意料，又在情理之中的是，得票较高的没评上优秀，据说原因很简单，平时吃吃喝喝，热衷于维系人际，业绩不十分突出，得人心不一定得优秀，受之当有愧；而三位票数不高、业绩平平的员工，却被老文圈为了"优秀"。

两个画家

画家老木德艺双馨，擅长仕女图，在当地名气很大。老婆没工作，是个善良贤惠的家庭主妇。独生女儿打小聪明伶俐，博士毕业后随男友留在了省城。

女儿结婚时，老木两口子去省城参加女儿的婚礼，车接车送，着实风光了一把。不知是不习惯大城市快节奏的生活，还是不方便和女儿、女婿挤在一套不足八十平方米的小房子里，住了一夜，老木和老婆合计一番，说是老家有个大客户急等他去作画，第二天早早坐上公共汽车，乐呵呵打道回府了。

嫁了女儿后，老木闭门潜心作画。他想，当今画坛浮躁，一些画家都发了疯般想出名，名气越大画越值钱，谁不想出名？可当今社会有不少圈里的画家，不是把精力放在提高自己作品的艺术含量和价值上，而是把更多的精力放在书画市场上，贬低别人，抬高自己，一门心思想卖画。其实，却悟不透功夫在画外，价值也在画外，画家经营的是自己的名气啊。知名画家，哪一个不是吃苦在前，经过若干年的修炼才有了市场，不仅作品艺术水平过硬，价格也一路飙升。

画家老王，善画猴，圈里称其"猴王"。为了出名逐利，可是付出了不小的代价。本来在家画得好好的，咋就着了迷跑到京城去了呢？这不，熬不住了，被房东赶出来，流落到在地摊上卖画混饭吃，一张四尺猴图，不足以租住地下室一天，寒酸不说，情何以堪？提及老王，老木深感痛惜。

三天前，实在熬不下去，一身疲惫的老王回来了。老木诚意邀来情绪低落的"猴王"，寻了个饭馆小酌。三杯酒下肚，老木说："老王呀，在咱这地儿，你因画猴而有'猴王'之誉，大大小小也拿过不少奖项，可你觉得你画得好就能出名吗？幼稚了吧，你也是一级美术师，去趟京城啥体会？自以为画得好并不一定有人买账啊，这是自恋！"

"唉！是啊。"老王叹口气。

老木说："我一直坚信白白浪费时间花在不应该做的事情上，不如埋头研究绘画学问，提高自己的艺术水平，功到自然成。否则，得不偿失。难道老子的'大象无形''大智若愚'，儒家的'中庸'和释家的'顿觉''顿悟''空''净'等等，就一点点没影响到你作画的心态？"

老王欠身主动和老木碰了杯，各自喝光杯里的酒。

"嗯，基本功没练好，就头脑发热热衷拼功利，不知现在还会有多少人和我一样哀号呢？"老王摸着下巴，接过老木递来的烟燃上，吐着意味深长的烟圈，似醉非醉说着自嘲的话。

"都是老伙计，也不怕得罪你。想想看，一帮人围起来都说好听的，那是骗你。比如，你那次拍卖会上拍出高价的那幅'美猴王'，谁拍去了？瞒得了别人瞒不了我呀，还不是你女婿买去后又还给了你……咱实实在在做个画家吧，玩假弄虚的，哪有不透风的墙！"重新倒满酒，老木说着掏心窝子的话。

"啊，这个你也知道？"

"是拍卖场的小伙计漏的风，圈里人几乎都知道，老王兄弟你好糊涂啊。"

"老木，你可别再'哪壶不开提哪壶'了。整了这一出，我算是彻底开窍了，以后再不会做那些不切实际的幻想了。"

"哈哈，开窍就好。对了，以后啥打算？"

"唉，在外面折腾这两年，心累了。回来多日再没动过笔，想墨池洗手不干了。"

"那咋行。你看，前段时间我那宝贝闺女生孩子，心疼女儿的老婆去省城照顾女儿了，这一年半载回不来……你现在租住的房子小，我的画室大，如不嫌弃，搬过来和我搭个伴，咱老哥俩一起切磋。"

老王眼睛一亮："真的？"

老木伸出右手："哈哈……"

一粒花生米

亲情陪伴是生活，更是一种幸福。儿子成家立业，有了好生活。可不经意间，老家的父母两鬓添了白发，不再是儿子眼里伟岸挺拔的身躯……

没有任何理由，儿子隔段时间就回老家看看。每次回家的饭桌上，除了母亲亲手烧制的一些家常饭菜，自然也少不了父亲亲手做的下酒小菜——一盘油炸或水煮花生米。

暑期的一个周末，儿子带着妻儿回家看望父母。一家人喜笑颜开，围坐饭桌一圈，吃着美味佳肴，唠着家长里短，说着幸福开心的经年往事，笑声透过门缝漾满小院……

幸福满足的父亲，乐呵呵夹起一粒花生米，怡然自得地丢进嘴里，双目微闭、抿上一口小酒，这是父亲常念叨、最惬意的日子。

读大学的孙子，看着爷爷吃得香、喝得乐，也笑眯眯地夹起一粒花生米，说："爷爷用咱农村老式法做出的这花生米够味、好吃，真该申请个专利。

哈哈，给爷爷点赞，真棒!"

有了孙子的赞赏，爷爷心生欢喜，爽朗一乐："呀! 真的吗？这是和谁家的花生米比？孙子呀，爷爷可不经夸，再夸，一会儿你爷爷我就找不着北喽。"

"爷爷，孙子这可不是拍马屁、随便夸。上幼儿园时，老师提问题，小朋友举手抢着答，谁回答得又快又准确，老师就会奖赏一粒花生米或一粒石榴籽，您孙子我可是没少吃花生米。想想、品品，还是爷爷做的花生米色好味香，还地道!"

"嗯，你爷爷一辈子'宁舍瓦屋楼，不舍花生米'，好这一口。我也肯定有遗传基因，小时候，逢过年守岁，你爷爷发我的五毛或一块压岁钱，还没暖热，我就屁颠屁颠溜出门，称回一两花生藏在棉袄布兜里。趁人不注意时，手伸进兜、捏一粒剥开，做贼似的快速丢进馋嘴巴，小心绷嘴细嚼怕出声，满嘴裹香，味真美……哈哈。"儿子意犹未尽，摸摸嘴巴，脸上漾着笑。

父亲开心，三杯小酒杯杯见底，夹花生米的筷子略微有些晃，不小心夹起的一粒花生米从筷头上脱落掉在饭桌上，又从饭桌上弹跳落地上。儿孙看得一清二楚，那是一粒十分饱满的花生米，父亲眼不眨一下盯着那粒花生米，弯腰捡起，捻去外皮，麻溜地扔到嘴里嚼起来。一连串动作不带丝毫犹豫，干脆、利落、漂亮。

一粒花生米落地了，八旬的老父亲找到放进嘴里。

孙子说："爷爷，您给我上了生动一课，真了不起!"

儿子想：父亲，您拾起的是中华民族的传统美德!

梦想

三十年前，我十二岁。

那年，贪玩淘气的我小学毕业了。假期里，下河捉鱼，爬树偷枣，园里溜瓜，玩了个天翻地覆，常常弄脏了衣物，在大人们追喊着要挨巴掌的求饶声里，乐此不疲。

临近开学时，我不想读书了，怯生生试着问父亲："不上学行不？"

父亲略一沉思，说："真不上了吗？甘愿当个只有小学文化的农民。这……好啊！行。"

"啊！行？"父亲不但没有打骂或过多地劝说，这么爽快就应下了。这个出乎意料的结果，反倒让我有点心神不安，心想：父亲不是常念叨要我好好读书成才吗？还说考上大学才能吃国粮，还指望以后跟我享清福呢。咋变了？不管那么多了，反正就是不想上学了。

开学了，身边的伙伴们都去了学校。无聊的我干脆找来几个没到入学年龄的小孩，聚到一起哄他们玩耍，成了名副其实的"孩子王"。

可，好景不长，没过几天这样的日子，父亲发话了："不读书，总要干点事，是不？"

"我能干点啥？"

"干点啥？有你出的力、干的活儿。走，跟我往地里运土杂肥去。"

父亲用铁锨装满一地排车土杂肥，让我一个人拉着往足有一里半地远的责任田里运。谁知还没到半路已是一身汗、满身泥。父亲扛着铁锨，故意吹着轻快的口哨，悠闲地跟在后面，只在上坡和田间地头才肯搭把手、助把力。

"歇歇行不？这是第三趟，实在受不了、撑不住啦。"我已经体力不支，差点晕倒，只好气喘吁吁征求父亲的意见。

"行，休息会儿，再拉……"

晒麦那天，酷热难耐。父亲让我从麦场里往家拉晒干晾好的麦子。拉到家门口时，只顾抬头看路、用足力气拉车，一不小心，地排车左手边的轱辘挡在门框上，"嘭"一声，地排车的襻绳断了，惯性作用下，我一头栽倒在地，疼得我龇牙咧嘴、大呼小叫，所幸无大碍，只是满身泥巴，眉头上留下一个鸡蛋大小的包，肿胀得好几天都没有消下来。

"庄稼活儿不用学，人家咋着咱咋着"。再后来，父亲带着我晨辉里出、夜色里归，不是下地种田，就是除草施肥……一年下来，就连晒场扬麦的农活，我都能干得麻溜利落……

不经一事不长一智，这风里来、雨里去，面朝黄土背朝天无休止的耕种劳作，哪能不辛苦、不劳累？用心领悟农村的贫乏和艰辛无奈，我比任何时候都充满了对知识的渴望，心里渐渐升腾起一个比彩虹绚丽、和太阳一样迷人的美好梦想！

又是一年开学时，我舔舔有点干裂的嘴巴，怯生生试探着问父亲："能去上学不？"

父亲一脸惊奇，说："当真……好啊！行。"

眼里噙满泪花，我蹦起来，拥抱着父亲的肩膀。

领悟了父亲的良苦用心，那年开学时，在父母欣慰的目光里，我重新背上书包，带着梦想，迈着坚定、自信的步子，走进了那个熟悉的学堂……

上访的大娘

"同志，俺来上访，传达室让来找办公室，是这儿吗？"

那时单位没设信访科，接待上访归办公室负责，接访的小文赶忙站起来，连声应着："是是，大娘您进来吧。"

来机关办公室上访的是一位六十岁左右的大娘，身材不高略有点胖，头上还裹着蓝色的旧头巾，手里提个方便袋，能清晰地看见里面除了大约十几张带文字的纸，还有两个馒头和一根葱。

"大娘，坐下慢慢说。"小文把大娘让到沙发上，倒了一杯水小心递过去。

"俺一年前在医院做了个小手术，说是做了手术就能好，结果医生疏忽出了错，去找医院两次没给解决，看看俺的左手拇指到现在都不能活动。"大娘说着站起来让小文看她手术后残疾的拇指。

小文对医学不专业，但能看出大娘的拇指确实存在功能障碍。

"大娘，您有当时住院的病例吗？您对医院有啥要求？我记录后和医院沟通，看能尽快给您调解吗？"

"差点忘了，有有……"大娘把方便袋里的馒头和纸质复印件一股脑儿倒出来。

小文仔细看了材料，除了住院手术期间的部分病例，还有大娘手写的一张要求医院赔偿的明细。

"大娘，您和医院的医患纠纷主要有三个解决途径，我说给您听听。"

"行，俺老伴身体不好，儿子和儿媳都在外面打工，孙子上高中呢，不能误了他的课程，来一趟换三次车不容易，看能找个快点的办法不？"

"第一，您和医院双方商量自行解决；第二，做医疗事故技术鉴定；第三，到医疗纠纷第三方调处中心调解。大娘您看想走哪个途径解决？"小文耐心地向大娘解释着。

"俺已经去过医院了，没解决好，要不你们和医院说说，看能赔俺多少？大差不差的俺也认了，为这事跑出来一天，家里老头子饭都吃不上呢！"说着大娘泪眼婆娑。

"行，大娘，我这就和医院联系！"小文拨通电话没人接，一看表才知道下班的点已过半小时了。

"大娘，医院已经下班了，下午一上班再联系，尽快帮您协商行不？"

"行行，耽搁你回家吃饭了，赶快下班吧！我没事等着你就行。"说着话大娘出门下楼了。

小文坐下来，理了理纷乱的思绪，决定去单位对面解决午饭。

锁好门下楼，小文一眼看到上访的大娘正蹲在楼梯旁，用不利索的左手拿着个馒头，右手拿着根葱，因为没有水喝，馒头又是凉的，可能是噎着的缘故，大娘不停打着嗝，一副很难受的表情。

这就是大娘的午饭吗？小文心头一热，急忙走过去扶起大娘："您咋蹲在这吃馒头啊！正好我也没吃，走走，我带您去喝羊肉汤……"

"不啦，你快去吃吧！麻烦你不少了。"大娘又坐下，执意不肯去。

"我昨天买彩票中奖了，正好去吃饭。去吧，就在路对面，很近的。"小文再次诚恳地扶起大娘。

"哪有上访的跟机关公家人吃饭的理？要去，大娘请你喝。"

"别见外了大娘，要不这样，你那个没吃的馒头留给我吃，我管羊肉汤，您管馍，扯平了吧！"

大娘点点头，答应了小文，把没吃完的半块馍装进方便袋，跟小文去了羊肉汤馆……

下午上班的点，小文联系好医院负责医患纠纷的院长，很快医院相关负责人来了。经双方多次协商，考虑到大娘家里的现状，医院做出很大让步，以救助的形式增加了一定数额，最终达成协议。

"谢谢了，这个结果我满意！"大娘脸上露出了笑意。

临近中秋节的一天，大娘特意来找小文，不巧他不在，大娘只好把一个鼓鼓的塑料袋托付给门卫老张，并一再叮嘱一定要亲手交给小文。

后来看到塑料袋里几个不大的石榴、大红枣、熟花生，小文顷刻间两眼盈满泪花花。

谁最馋

故事发生在三十年前……

"说说，谁不馋？"四个小伙伴，相约在村前小河边的草地上嬉戏玩耍，鸟儿般叽叽喳喳，不知谁抛开的话题。

"俺馋，俺下河摸的小鱼，娘给俺用油炸焦了吃，能解馋。俺娘从地里挖回来的苦苦菜，加上蒜泥醋油盐拌了吃，又爽口又解馋。还有俺娘做的'漏漏子面'也解馋。再有，就是俺馋嘴，还吃过人家飘着一层油星的半碗菜……"小明流着哈喇子，说着自己的馋。

"俺馋，可俺娘说了，好好上学读书，读到将来有出息了，能解馋。有时想着流油的肥猪肉，俺都会馋出一大片口水来。"小文摸摸脑门，舌尖舔着上下嘴唇，羞怯怯地笑了。

"俺馋，可俺会在夏秋天里溜瓜、偷枣、炸豆子，样样好吃得很，就连燃起火等烧熟地瓜、撅起屁股'噗噗'吹出的风都解馋。哈哈，俺馋不？"黑不溜秋的二黑嘴里吐着并不十分顺溜的话，还不时指手画脚、东一榔头西一棒槌地来回瞎比画。

"俺馋，俺更馋，比你们三个谁都馋！信不？"我挺胸收腹、大言不惭，一副老大的样子，坚信自己最馋。

"光吹牛皮有啥用。谁会信？"

"就是，说说呗？说出来评评理，看看到底谁的嘴巴最馋？"

"谁怕谁，说就说，有啥了不起。去年春节，俺爹发给俺一毛钱压岁钱。钱到手还没暖热，俺就屁颠屁颠溜出门，去隔壁大婶家称回一两焦花生，藏在棉袄布兜里，每隔一大会儿才舍得剥开吃一粒，细嚼出的香，能飘出好远哩。整整三天，全靠它解馋！嘿嘿，你们说，俺馋不？"

"哼，馋。"

"腊月二十三是小年，放了鞭炮，俺娘忙着祭灶神，俺趁空悄悄溜进堂屋，偷吃娘留着过年时才让吃的炸酥肉。晚饭时，还偷偷爬上早早就放好的高凳子，偷拿了挂在高处的白面馒头塞进被窝里，夜里蒙上被子偷着吃。哈哈，馋不馋？"

"呀！真馋。"

"要是俺感冒发烧了，娘给俺冲的一大碗红糖水加姜炸的鸡蛋，好吃、治病、解馋。俺晚上摸的爬叉用盐水腌一晚上，娘第二天给俺油煎时，飘出的香味都能馋出俺的口水来……说说吧！算不算馋？"

"哎呦呦，馋死了！"炸锅般的嬉笑怒骂声，漾满了青草地、小河沟，飘出半个村子……

嬉闹够了，我一本正经地问："谁也别笑谁，知道了吧，谁最馋？"

"……"

"唉……那个物质极其匮乏、肚子里缺少油水的年代，谁敢说没穿过露裆裤子？谁不馋！"

"……"

升迁记

表哥姓王，因人实诚，长得老相，熟悉的人都尊称他"老王"。

儿子在五年前考上大学后，老王经过自己的不懈努力，被招聘进县城一家公司，深知自己的不足，老王暗暗告诫自己："知遇之恩，倍加珍惜。"

最初，老王在公司管理仓库。平时出入库的物品都是在劳务市场临时叫来的农民工搬运，没有领头的人，也没有约束力，他们嘻嘻哈哈又惜力，卸下的货物也是哪里方便哪里放，货物卸完，分钱走人。

"我们村里还有富余劳力，固定三五个精壮不惜力的，保证随叫随到不误事，再选一个有责任心的当组长，留个畅通的电话，装卸费不增加，安全责任我保证，也省了装卸货物都去劳务市场找人的麻烦。您看行不？"当天老王小心翼翼地敲开经理办公室的门，大着胆子提了个建议。

"建议不错嘛，你就放手去办，我大力支持！"

经理面带微笑，话语却铿锵有力。

"行，您放心经理，他们都是我老家老户的兄弟，错了事，您就拿我是问！"老王拍着胸脯表态。

第三天的一车货物卸完码放好，足足比上次缩短了一个小时，费用没增加，效率高一倍。

"行，不错！"经理现场看了很满意，拍拍老王的肩膀，说着表扬和暖心的话。

一次，天降暴雨，地下积水很深，经理打开办公室的窗户，看不远处仓库周围的积水情况。一个并不高大的身影因裹着褐色的雨布看不清脸，在膝盖深的积水里，这个人手里拿着一个铁锹躬身疏通被杂物覆盖的下水道，大约一刻钟时间，陆续又来了五个人，手里都拿着疏通下水道的工具……

"这应该是老王和装卸组的全体成员，要是员工都有这种责任心……"经理站在窗前一直没离开。

是下水道疏通了吗？几个人和老王点头示意着什么，然后四散离开。

"散了，不要工钱了吗？不能亏了出力的人！"经理拿起电话，拨通财务部的号码。

"经理，您这是？"老王看着经理递过来的几张百元大钞，一脸疑惑。

"加你六个人，忙乎半天主动疏通下水道，值得表扬，这些钱就算是两车货物的装卸费吧！"

"不行，不行，这不能要……"

"嫌少了？还是……"

"真不能收，出把力搭把手哪能要钱，也显得咱村里的兄弟太那个……"

"为公司的事在水里泡了半天，理所应当的报酬。"经理诚心诚意劝让。

"要不这样吧，二黑和大勇的雨衣弄破了，我拿五十元给他俩买个新的就算公司的奖励行不？"

"也行，那就这样吧。"

三个月后，公司召开部门负责人会议，老王从仓库保管员升为副主任，负责后勤管理工作。

了解熟悉负责的工作一周后，老王再次提建议："公司车辆十几部，加油派车不规范，建议……"

"建议提得好，我没看错人。"经理起身倒上一杯茶递给老王，招呼老王继续说。

"还有，就是纸张浪费特别大，建议……"

"是啊，不能拖！你拿出个详细的方案，越快越好！"

"行行，方案明早上班前交给您！"建议得到认可，老王心里像蜜一样甜，连走路的脚步都有了紧迫感。

一年后，老王升任公司办公室主任。当年，公司被市里评为先进集体、市级文明单位。

"恭喜恭喜，王主任升为公司副经理啦！"第三年初春，刚刚走出宣布任命的会议室，同事便纷纷恭敬友善地和老王打着招呼。这天公司花园里的迎春花正奋力绽放，花瓣虽不娇艳，却透出坚强。

不"说"

　　"嗯嗯呀呀的，啥事呀？到底啥事！急死人了，说不说！"小王的老婆是个急性子，见小王支支吾吾，有点着急，拧着小王耳朵往床下拉。

　　"轻点，轻点，我说还不行吗？"被老婆拧着耳朵拉下床，蹲在地上求饶的小王，只怪自己心里高兴，图一时痛快，厚实的嘴巴没封住，忘了领导的叮嘱。

　　"是这样的，昨天，也就是腊月廿六，我和往常一样开车送经理回家，经理下车，我正准备调转车头走，经理竟然示意我去他家。让座倒茶挺客气，小声和我说了一番话，想听不？"小王说到高兴处，故意冲老婆卖着关子。

　　老婆伸着耳朵认真听，看到小王话分叉，脸带怒色高声喊："你说我想听不？你说我想听不！"举起手来又要拧耳朵。

　　"逗你呢！这样说的……"小王打着圆场继续讲。"小车班长要退了，小车班几十号人不好管理呀，这加油修车的事不少。你跟了我开车六年了吧，里面的回数道道你都懂。再说了，你人实诚，没啥拐弯抹角的心眼，我初步考虑，让你来接替这个小车班长的职位，不过只是初步考虑，你掂量掂量……老班长和其他负责的同志也向我推荐了两个，我不是很满意，你考虑好，节后给我个话再定。你一定要记着，在没正式公布前，这个信息千万不要说出去。"

"就这些，老婆你品品，这是不是只要不说出去，别捅了娄子，这个小车班班长就是我的了。对了，你一定要管好你的嘴。事关升迁，多少人挤破头的事，这可不是闹着玩的小事！"小王说完反复强调着，眼神里似乎透着点小后悔。

"呀，风水轮流转，今年到咱家。肯定是你家祖坟上冒青烟了，这么好的事找到你头上，我傻呀，咋能说出去，放心吧，打死都不说。来来来，快快请起来。今天老娘高兴，给你露一手，一荤一素炒俩菜，再烫上二两热乎酒，都说人逢喜事能装酒，保证你今天喝不醉！"扶起小王，老婆哼着小曲走向久违的厨房。

那晚，美酒佳肴，小王三杯酒下肚已有醉意。趁着高兴，竟又喝下三杯，迷迷糊糊的就醉了。老婆把醉了的小王伺候上床后，越想越开心，仿佛已是班长夫人，她清了清嗓子拿起电话："喂，是大姐吗？和你说个事，俺家小王就要当公司小车班班长了，是今天经理亲自和他说的……哈哈，同喜同喜。对了，这个事还没下文件，现在要保密，千万别和别人说呀，千万千万别……"

小王老婆的大姐是个肚里不藏事的主儿，没放下电话就冲老公说："二妹夫这是撞上啥狗屎运了，这不当上公司小车班班长了，文件都发了。""不会吧，我咋没听说！"大姐的老公半信半疑："小王公司有我几个要好的哥们，要不我问问？""喂，大明白兄弟吗？问你个事……啊，没听说有这事……"

第二天中午，小王下班送经理到家，刚出小区门口碰巧遇上单位一同事。在同事的诚意相邀下，二人上车到不远处的一个饭馆，吃小王最爱吃的老北京铜火锅。

要想人不知，除非己莫为。小王老婆这电话里说出去的话，像荒草一样疯长。腊月廿九，小王接到经理打来的电话："咋就管不住你那张破嘴，不说，不说，还是说出去了吧！电话都打我这儿来了，多少人都在传！这不，你开公车吃饭的事也被举报了……对了，那天和你说的，没发文件前千万不要说的那个事，不用再考虑啦！"

挂了经理的电话，小王一屁股蹲在沙发上。瞬间失落的他呆呆地望着脚下的地板，猜不出问题出在哪儿了……

吞"卡"

初春的一场雪，天地间透着寒冷。

小王加班到晚上九点，饭没顾上吃，锁好办公室的门，匆匆下楼往家赶。冷风里他把手插进口袋，等了许久才招手拦下一辆出租车。

"你等了好久吧！天冷路滑，坐车的人比平时多，到你去的地方车费二十元，不打表。"司机师傅摇开车窗说。

"行！也只能这样了。"小王心想这个点车少，再等下去也会是这样的结果，不就是比平时打车贵十元钱吗，钱是好东西，身体更重要。

打开车门上车前，小王下意识地摸摸口袋，突然一惊，没现钱了，计划好的下班去银行取，加班给忘了。

"唉，师傅，我没现钱了，到家给你拿行不？"

"到你家来来回回的会耽搁我生意，那不行！你有微信红包支付也行呀。"

"对不起师傅，我有微信，可里面没钱呀！"

"那就算了。真是的，没带钱坐啥车……"司机师傅"咣"的一声带上车门，一踏油门，车屁股冒出一股白烟走了……

小王无奈地前后看看，径自走向不远处的银行。家里媳妇是财务大臣，小王没钱了都是和媳妇要，这次还真是第一次到自动取款机取钱。进去看到自动取款机共有三台，他选择一台，小心翼翼地插进银行卡，按照提示输了密码，取款五百元。可停了一会儿，只是打印出一张自动柜员机客户通知书，却没有出来人民币。

刚好进来一个取款的年轻女子，小王急忙问她啥原因，她躲闪着摇头不说一句话，匆匆地取了钱，躲避坏人般匆忙走了。小王不知啥原因，也不敢退卡，盼着再来个取款的人问个明白。

"可能是里面没钱了，我也遇到过这情况，放心不会少你的钱。要不我正好存些钱，你把卡退出来，我存了，你再取。"这个来存钱的小伙子很热情。

"好好，你先存钱，我再试试看，谢谢！"

"行了，钱出来了。谢谢您！"小王取出钱，按了退出键。

"屏幕咋没反应了，接着关闭了！唉，小伙子你给看看……"小王扭过头才发现那个小伙子已经走远了。

"吞卡了，怎么办？等下去，还是明天找银行？"小王纠结地来回走动，像热锅上的蚂蚁。他突然想起银行的客户服务热线，接通后按照提示，人工服务一直是忙音，其他的摁"1"、摁"2"……忙活了半个小时也没接通。

"对，咋忘了在银行工作的同学呢？"小王翻出手机号拨过去。

"没事的，吞卡了你走人就行，明天带着身份证去银行领取！这种事不稀罕，偶尔会出现。"

"这样啊，早知道就不用等这么长时间，真是隔行如隔山呀！好了，谢谢老同学。"小王挂了电话出了门。

那个加班的晚上，小王第二次拦了出租车，回到家已是深夜十二点。饭没吃，只喝了满满一大杯水，喝得有点急、有点快，呛得咳了大半夜，觉都没睡好。

蝎子爪

在鲁西南地区，每年农历二月初二有炒"蝎子爪"的习俗，也叫炒料豆。

小王媳妇吃过早饭，就急急地催丢下饭碗就抽烟的小王准备上好的豆子，还自言自语地嘟囔着："明天是二月二，这个事咋能马虎，吃了蝎子爪，就不会被蝎子、蚰蜒等害虫伤了。"

"二月二，龙抬头，蝎子、蜈蚣都露头。嘿嘿，忘不了的，媳妇，放宽心吧！保证炒得又香又甜……"

媳妇说："炒蝎子爪，能辟邪祈福。孩子都爱吃，到时可别忘了给咱爹咱娘送点过去，一进正月他们可都盼着呢？"

临近中午，村里的大娘婶子们便三五结伴，唠着家长里短陆续到村头沙土岗挖沙土。小王媳妇已早早把挖来的沙土用细筛子过了两遍，提前用佐料把黄豆泡好晾干。

傍晚，小王一边劈着柴火，一边冲厨房喊："媳妇，铁锅里的沙土热了没有？"

"热了，都开锅了，快端来豆子炒吧！"

"好嘞！这就去。"

豆子倒进锅，小王拿着把破铁勺不停地在锅里搅动。听到"噼里啪啦"豆子的炸响声，媳妇问："豆子炸开口了吗？"

"哈哈……开口了，个个像咧开的婆娘嘴！"

"开口好，开口预示今年光景好！"

"那是，今年肯定更比往年强！"

不到半小时豆子晾凉了，吃起来又焦又酥，好吃还能解馋。小王媳妇带着自家炒的豆子出门去邻居家交换着吃。

"二月二，炒蝎子爪，大娘婶子给一把，尝尝鲜，尝尝鲜，谁家的好吃往谁家钻……"开心快乐的孩子们，哼着流传的俗语，走到哪吃到哪，走到哪唱到哪，见人就互换豆子吃。

经年岁月匆匆过，转眼二十多年过去了，农村种黄豆的少了，零食也多了，很少有人再亲手炒豆子了，料豆成了超市里的柜上客，每年二月二超市里都有各种味道的炒豆子，琳琅满目，却总吃不出当年自己炒的蝎子爪诱人的味道！

可小王却不弃不离将炒豆子的习俗沿袭至今，每当炒好了，还会乐此不疲的这家一捧，那家几把地送去让左邻右舍品尝。

"呀，好吃，真香，明年你就使劲地炒吧！我们不去超市了，就买你的蝎子爪！哈哈……呵呵……"听了夸奖，从前的小王、现在的老王心里比吃了蜜还甜。

"无论世事变迁，这流传的风俗不能变，既然喜欢吃我炒的蝎子爪，明年的二月二，我支上大锅，撸起袖子大干一场，随便来拿，管足，管够，不要钱！"

"呀，豆子我来买，不能让你出了力还搭钱！"

朴实的乡亲，浓浓的爱，笑声一串连一串……

溜瓜

儿时的农村，物质匮乏，生活艰辛。多在"窝头蘸辣椒越吃越上膘，白面馍馍夹肉越吃越瘦"的嬉笑间过日子，混生活。朴素敦厚的乡亲用有限的水彩，图画美好的生活，记忆悠远，经年不忘。

儿时顽劣，嘴馋喜动。瓜还没有熟，便动了心思。

一个小雨带雾的天气里，找块塑料布或编织袋披身上，要么就直接拿了父亲的草帽顶头上。匆匆叫上几个平日里玩得好的小伙伴，照着从电影里或小人书上学的套路，趁路上行人少，用雨雾作掩护。

满是泥巴的小路上，几个幼小的身影，顺着几天前玩耍时就踩好的点，沿着沟边悄悄地摸进瓜园。领头的"馋猫"点头示意，小伙伴便屏着呼吸，唯恐弄出声响，惊了看瓜的爷爷，碎了吃瓜尝鲜的梦！小伙伴机灵得很，齐刷刷地蹲在沟边，小心翼翼地蛰伏下来。

大约一刻钟工夫，听听周围除了小雨沙沙的声响，再没了其他的动静。几个蹲累的身影便颤悠悠直起腰，探起头，眼睛直勾勾聚焦在瓜棚上。瓜棚是用较粗的树枝和麦秸搭起的简易房，上尖下宽，呈三角形状，建在瓜园一角。许是下雨的缘故，瓜棚上罩着一块黑色塑料布。这个神秘的瓜棚在雨雾中略显单薄，像个幽灵。溜瓜的孩子略有些胆怯，可地里的瓜充满了甜蜜的诱惑。

"里面会有人吗？看瓜的爷爷不会睡着了吧！要是爷爷有事出去，让叔叔替他看会儿瓜？……不会，不会的……"没人答话，"馋猫"自言自语着。

"馋猫"终于狠下心来，吞咽着唾沫说："不等，不能再等了！"随手捡了个拳头般大小、半湿半干的土坷垃用劲朝瓜棚方向扔出去，试探能否惊醒瓜棚的爷爷。

"啪"一声闷响，土坷垃正好砸在搭盖瓜棚的塑料布上。听到砸中瓜棚的声响，几个小伙伴应声迅速下蹲。

足足又等了五分钟，为啥还没动静！"……哈哈……哈哈……瓜棚肯定没人，看瓜的爷爷一准回了家！机会来了别失掉，偷瓜的运气真不差！多亏我选了个'好日子'，今天保证能吃上瓜。铁蛋你身段小，负责望风，剩下的统统去溜瓜……""馋猫"发号令，小手一挥冲在前，后面"稀里哗啦"紧跟着。

冲进瓜园不知哪个生，哪个熟，"馋猫"招呼伙伴拣大的抓。

迷瞪的看瓜爷爷，被无所顾忌、噼里啪啦的声音惊醒，本能地大声喊叫："……瓜……瓜还没熟！是哪里的贼来偷瓜？"走出瓜棚一看傻了眼，咋都是自家村里的娃。

惊慌逃走了仨，剩下绊倒的俩。"馋猫"和我吓得大眼瞪小眼，爬起来蹲在地上等惩罚。

看瓜爷爷心疼地看着丢在地上还不熟的瓜，挑一个稍小点的掰两半，半气半笑地说："哈哈……让我逮着了吧！来来来，一人一半，尝尝这大甜瓜……"

"呀呀呀！……"只一口差点涩掉牙。

幸运吧！临走时爷爷给我俩每人摘了一个大脆瓜，还邀请我们等甜瓜熟了来吃呢！

苦

年前腊月廿八，朋友相约小聚。大家推杯换盏，其乐融融。

一旁年长些的老王孤家寡人般，一直沉默不语。"咋的了？老王以前不这样，没啥事吧？"我隐隐觉得老王有点异常。

"来来来，老王哥，我敬你一杯，提前祝你新年快乐！"一个朋友绕过来特意给他敬酒。"好好，我喝，我干了。谢谢你呀兄弟，苦呀！"说着话，老王端起酒杯一饮而尽。放下酒杯，老王频频擦着眼睛。一句"苦呀！"是酒苦吗？还是……眼里的泪毫无顾忌，折射出老王心里的苦辣。

七年前，独生女儿结婚不久怀孕了，一家人欢喜之余，却迎来了老王的"单身"生涯。心疼女儿的老婆远去都市照顾女儿，伺候完女儿"坐月子"，又照料外孙……谁料，这一去就是七年！逢年过节也不回，女儿总是电话相劝，让老王去她那里过年过节。不知是担忧女儿的房子小？还是舍不了家里的暖？老王每次都委婉拒绝了。风里雨里的煎熬，虽然早已适应了"单身"生活，平日里也就罢了，可大过年的，咋也不回？这几年春节，听着外面的鞭炮声，闻着邻居家飘来的饺子香，老王心里不是滋味呀！

"谁说女儿是爸爸的小棉袄？咋老了，老了，出了这般境况。唉……"又喝下半杯酒，老王显然已有几分醉意。

"不是说今年回家过年吗？外孙都上小学了，这不都腊月廿八了，还没定回不回家？郁闷呀！"老王像个局外人，没去理会转着圈互相敬酒的朋友，大家也好像不忍打扰有心思的老王，任由他自言自语着抽闷烟，吐着或大或小的烟圈。

老王真的喝多了，而且是喝醉了。朋友叫了辆出租车，把老王送到家。家里是挺乱，茶几上几个干裂的馒头，像张开的嘴巴要说话；还有一张纸上老王重复写了多次女儿的电话号码；暖瓶的半壶水已没有一丝热气；空空的冰箱里零落的三根黄瓜和几个西红柿已经焉了；走进厨房想用煤气给老王烧点开水喝，不知啥时没的气，点不着火；还有锅里吃剩的方便面……

朋友鼻子一酸，差点落下泪。孩子呀，年都不回，家还有你的老爸呢！是的，有母亲照顾，快乐了你的小家，可你知道七年了，你妈不回家，这哪里像个家？你忙，你累，孩子小，都是实情。可你想过你的老爸，两千多个日日夜夜咋过来的吗？

掏出电话编信息，没有一句客气话，输了茶几上老王女儿的电话号码。
……

"老弟呀！哈哈……你嫂子和闺女一家回来过年啦！连过年的饺子都带来了！我请客，我请客，哪天一定来家聚聚，该热闹热闹了……是得庆祝庆祝……"腊月廿九晚上，我接到老王一个开心的电话。

热门

一年中，中小学最长的暑假刚开启，各类招生广告铺天盖地，令人眼花缭乱。五花八门的辅导班如雨后春笋，成为炎热夏季里名副其实的"热门"。"望子成龙，望女成凤"的家长，哪里肯放过这大好时机。让孩子参加暑期各种培训班，似乎已成为众多家长的"共识"，不让孩子参加培训班，倒成了大家口中、眼里的"异类"。

因儿子磨磨叽叽不肯上辅导班，明明的妈妈独自生了半天闷气，拿起电话。

"小媚姐，你闺女选择的是哪些辅导班？我想给俺家明明报一个，不能让他天天在家玩呀……"电话里，明明的妈妈不厌其烦地向闺蜜讨教。

小媚望一眼沙发上乖巧的女儿，开心一笑，说："可不是吗？让孩子天天待在家里，不是看电视，就是玩游戏，多浪费时间啊！俺家朵朵懂事还乖巧，这不，选择上午学两个小时舞蹈，下午两小时围棋。"

“没你有福气，朵朵多懂事，哪像俺明明，啥班都不愿意去，快气死我了！”

“是吗？那可不行！现在的孩子都上辅导班，多才多艺那才好。要想孩子有出息，不能依了他的性子。就算是暑假，也绝不能有丝毫松懈、半点麻痹大意。知道不？”

“是这个理。可我实在没招了，这才求救与你吗？有啥高招，赶紧教教我呀！”

“看你急的，啥高招？要不，你‘就近’的培训班也不少，跆拳道、声乐、书法、画画、围棋、游泳等。你先带明明去这几个培训班里看看，看他喜欢什么？有了喜好又愿意去的班，再报名。”

经过再三考察，反复综合考虑，在征得明明勉强同意后，最终选择了跆拳道和围棋培训班。

围棋课上，明明和朵朵一个班。

“明明，你妈妈说你拒上辅导班，咋来了？”

“你是不知道，妈妈天天叨叨，简直像个神经病。不依不饶非得给我报了这个班，虽然心里一百个不情愿，可钱都交了，又能怎么办？也只能来了！”

朵朵一脸无奈，噘着小嘴，跺跺脚：“我也不是乖乖女，这好不容易盼到暑假，本来想和同学一起玩儿，结果我妈给报了两个辅导班，真郁闷。”

半个月后，明明的妈妈和小媚两人同去辅导班接孩子时，恰好碰在一起。

“怎么样？上了培训班，明明有哪些改变？”

“唉，效果不明显，回到家书本都懒得翻一下。要是催他看会儿书，就会气嘟嘟、不耐烦地瞎嚷嚷，辅导一天啦，烦不烦，还不如快点开学呢！你看，这孩子……”

小媚一惊：“啊！怎么会？这上辅导班要是让孩子对学习产生了厌烦，那可就适得其反了……”

二十个咸鸡蛋

那年，老家七十二岁高龄的母亲，知道儿子小王自小爱吃她腌制的咸鸡蛋，不顾女儿婉言相劝，非要买来几只小鸡饲养。在她的精心呵护下，几只小鸡很快长大能下蛋了。

漾满笑的老母亲，乐呵呵张罗着腌制了一坛子咸鸡蛋，但咸鸡蛋腌制好了，也不见儿子的身影。母亲动了心思，每天坐在门口的大枣树下盼着儿子。远远地望见有人走过来，她都会站起身，挪动着小步凑上去细打量，因为母亲眼睛不太好，还错把路人当儿子，闹过不少笑话。

儿子是个医生，大学毕业后留在离家九十多公里的城市的一家医院工作，只要没特殊情况，每月都要抽时间回家看望母亲，是他多年雷打不动的习惯。半月前他主动请缨去了震灾区"救死扶伤"，不知啥时能回来？怕母亲担忧，事先和姐姐说好没有告诉母亲他的行程。

"鸡蛋腌制好了，一个多月没见儿子了，咋还不来？嘿嘿，这是忘了娘喽，还是……"母亲自言自语说着重复的话，姐姐知道母亲想儿子，并没太在意。

谁知又过了两天，母亲突然不见了。急得姐姐一家人四处寻找，仍不见母亲的踪影。

这是去哪了？情急之中，姐姐看了母亲腌制咸鸡蛋的坛子，顿时明白过来。

小王的爱人接到姐姐的电话，急忙赶到车站，寻遍了整个车站也没见到母亲的身影。

母亲没文化，也不会用手机，难道迷路啦？这可咋整。小王的爱人和赶来的姐姐在车站会合后，急忙去了车站广播室。

小王的爱人说："这都广播了十几遍了，仍没有一点音讯，我们先回家再另想办法吧！"

姐姐歉疚地说："只能这样了，都怪我没照顾好母亲，她会去哪儿？要不我们报警吧！"

"母亲说不定根本就没来，只是去亲戚家串个门呢？再和家里的亲戚都联系一下，天黑前找不到，我们就报警，好吗？"小王爱人用商量的口气回着姐姐的话。

"行，我们回家分头联系。要不要通知我弟弟？"

"我和他昨天刚通了电话，灾区伤病多，通知他一时半会儿也赶不回来，还会分了他的心，等等再说吧。"

母亲想念儿子了，那天女儿去上班，她小心翼翼地拿出腌制好的二十个咸鸡蛋全部煮熟，用头巾包好去城里看儿子。离开家门步行三公里，就是通往儿子工作城市的公路，她站在路边见到大客车就招手，可惜拦了十几辆车却都不是开往那个城市的车。最后，有一位要去那个城市办事的私家车司机，看老人招手，问明情况后，好心扶她上车，并一路送她到了儿子工作的医院家属院。凭着来过几次的印象和见人就询问，母亲找到了儿子家。可敲了几次门，家里没有人。疲惫的母亲攥紧装着咸鸡蛋的头巾，坐在儿子家门口的楼梯台阶上睡着了。

"家门口坐的不是咱娘吗？"走在楼梯前面的小王爱人惊喜地大声叫起来。

"我的个娘，您来这看俺弟咋不跟俺说一声，都急死俺了！您咋来的？"姐姐眼含泪水快步上前。

"跟你说了还能让俺来？呵呵，路上遇到好人了。"

"是吗？快进屋说，我给娘做饭去。"小王爱人说着，利索地打开了家门。

"我来给儿送爱吃的咸鸡蛋，再过几天腌太咸了就不好吃啦。本来攒下了二十个咸鸡蛋，刚才送给送我来这儿的好心人一半，这不还剩十个，儿在家不？"母亲举着咸鸡蛋，开心得手舞足蹈，笑得花一样……

三枚圣女果

　　市局新来的郝局长办公室的窗台上，县局王局长送的两盆名贵淡雅君子兰花渐渐凋谢，翠绿的叶子也很快枯萎了。

　　那天，通信员来打扫卫生时，见花落叶枯没了生机，便自作主张连盆带花一起扔进楼下的垃圾桶里。

　　郝局长不见了花盆，略一沉思，便拿起电话，刚要拨局办公室的号码，随即又放下。他在办公室来回走了两圈，好像猛然想起了什么，带上门，径自下了楼。

　　垃圾桶内，枯萎的君子兰和盆里的泥土已被倒掉。幸好，两个精致的花盆还在。郝局长宝贝似的一手提一个花盆，匆匆进了办公室。他蹲在地上，小心翼翼地擦拭花盆，反复几遍擦干净后，放在了一个不起眼的地方。

　　郝局长是个孝子，只要没有特殊情况，逢周末都要回农村老家看望父母。

那个周末，郝局长又回去看望父母，回来时特意从父母打理的小菜园里，移来两棵母亲培育的圣女果苗，还用一个黑色的塑料袋子装了一袋泥土。带着圣女果苗、泥土回来的当天，郝局长没急着回家，而是径自来到办公室，一个人往盆里填土、种苗、浇水后，把种上圣女果的花盆搬到见阳光的窗台上，还特意把窗户拉开二指宽的一条缝隙，说是幼苗见阳光、又通风，利于圣女果苗的成长。

一晃，一个月过去了。

在郝局长用心打理、精心呵护下，圣女果苗壮成长，很快结出了喜人的晶莹的果实，三五一撮，由绿变红，娇艳欲滴。

每熟透一枚圣女果，郝局长都会喜不自禁地采摘下来，洗干净了，细细品尝。那倾注了他的心血、连着老家勤劳善良父母的牵挂、带着家乡泥土芳香味道的小西红柿，让他不忘初心，更多了些勤政担当。

这天，郝局长看到窗台上又熟了三枚圣女果，兴奋之余，正准备采摘。"当当当"通信员敲门进来汇报，说是县里的王局长早早赶来汇报工作，正在办公室等候，问郝局长是否有时间接待？

郝局长说，那还等什么？快点让县里的同志过来吧。

详细听完王局长的汇报，郝局长对县里的工作提出指导建议时，王局长突然精神难以集中，额头滴下汗珠、面色苍白、浑身颤抖。

郝局长问道："怎么？你身体不舒服？要不要去医院？"

王局长摆摆手，表情痛苦地说："不用，我能坚持。就是有点低血糖，今天来得急，忘带些糖块或吃的了。"

一问一答间，王局长感觉一阵急促的躁动，昏迷过去……

"快，快拨打'120'急救电话！"郝局长迅速摸起电话。

"王局长在单位也犯过类似的情况，有吃的吗？"没等郝局长拨电话，一同来汇报的县局办公室主任急切地问。

"局里没食堂，这会儿哪里有吃的？要不，让通信员赶紧去买点。"

"恐怕来不及！郝局长，您窗台上那圣女果能……"

"圣女果，能行吗？"

"行，肯定能行！"

郝局长起身离座，迅速摘下那三枚熟透的圣女果，赶紧用水洗净，亲手喂给王局长吃。

"王局长醒过来了！"

"看我这老毛病，给郝局长添麻烦了，谢谢啦！"心存感激的王局长说着感谢的话，努力撑稳几近倾斜的身子，虔诚地望着窗台上那两盆圣女果，心想："嗯，这……这个熟悉的花盆里的兰花哪去了？啥时候成了这救命的圣女果？"

礼尚往来

　　木总经理喜收藏，藏品多为名字画。平日里不论谁谈及字画收藏，他一脸深邃，沉默寡言。于是，不少圈里人赞叹："收藏之，多懂之。木总懂而不言，高人呀。"

　　一次，某市多部门联合搞了个全国画展。木总接到邀请函，抽了个空闲，特意带上公司素有"小广播"绰号的信息科科长小郭，一同驱车前往画展。

　　"高水平，是值得收藏的精品啊！"木总唏嘘不已，依依不舍留在展厅，并把自己的工资卡交给小郭，一再叮嘱要取出卡上全部的钱。

　　小郭不解，问："木总，我带有现金一万多，够不？非得要取钱吗？"

　　木总挥挥手："去，一定取！赶紧去，听我的。"

　　在银行，小郭取钱时，剩下零头留卡里，取出整数八万元。

　　回到展厅，木总接过钱，递给小郭一捆包裹好的画，说："把画放车里，我去付钱。"

小郭小心翼翼地抱走画，木总嘴角露出一丝不易察觉的笑，急忙从一沓百元大钞里抽出二十几张，其余的全部小心放进包里。

午饭时，木总一脸无奈，歉意地说："小郭，不好意思，钱都买了画，看来这饭得你请。"

"木总，看您说的，大手笔啊，收藏字画您真舍得。今天的饭钱论八圈也不该您出。再说了，我也跟您沾了光，开阔了眼界，受益匪浅啊！"小郭说着诚恳的话，目光里透着仰慕。

第二天，木总一次花光一年的工资收藏画的事，风一样传开了。

中秋节快到了。

木总一次性定做了一百个盛高档字画的礼盒，并亲自把上次看画展买来的没入围的那一百张画，分别装在礼盒里，并按画的尺寸大小分别编了号。

中秋节前，第一个上门的是老张。

"老张啊，我不是在会上'三令五申'吗？你咋还……"

"这些年多亏您照顾！过节了，咋能忘，一点小心意，没啥。"

老张临走时，木总特意拿出盛高档字画的礼盒，执意相送。

"木总，这太贵重，不能收。"

"收下吧，这的确是我收藏的一幅精品画，你若不收，那我也驳你面子退礼了。礼尚往来嘛，不能亏了你。"

"那好，我收下珍藏起来，当作传家宝，一代一代传下去。"

"行，这就对了嘛！"

大约半小时后，传来"当当当"三下敲门声。

透过猫眼，见是老王。

"老王，你来串门，破了规矩不是？"

"木总，没那么严重吧。来公司这些年，多亏您照顾，特别是孩子招聘的事，还不是您操碎了心！不来看您，心里不安呀。"

"都是一家人，你还客气啥？"

"不客气，心里都记挂着呢？"

老王临走时，木总送他一幅精品画。"这，这是您的收藏品，价格不菲！说啥不能要。"

推让一番，受宠若惊的老王接过画，一步三回头地离开了木总家。

业务科科长小李是亲眼看着老王离开后，才上楼敲的门。门一开，他迅速地挤进屋。

木总先是义正词严地说教一通，接着便换了人似的舒展满脸笑容，给小李递烟敬茶客气一番。

那天，小李离开木总家后，没等到家，就在路灯下急急地打开那幅画，心里美滋滋的，如获至宝。

那个中秋节，礼尚往来，木总订制的那一百个礼盒，没到过节就送完了……

"吃"麦车

李四好吃懒做，赌博成瘾，气得媳妇和他离了婚，带着两岁的孩子远嫁他乡。

一日，输光所有积蓄的李四突发奇想："麦收季节快到了，如果……肯定能发大财！"他想着想着，嘴角漾满笑，暗自庆幸自己特有的聪明才智，那模样不亚于牌场上胡了一把，中了邪般，憋不住阵阵窃喜。

"三夏"季节，农村的公路两旁、村庄的街道上，到处都是摊晒的麦子。如今，生活条件好了，没人担心被偷，直到晾干晒好入仓前，大多无人看管。

"好顺啊！这已经是第三车，呀，这钱流水般，来得真快呀！"卖了麦子，摸摸鼓鼓的钱袋，李四点上一支香烟，径自走向自己研究改装的"吸麦车"，准备中午时分干完这第四趟发财的活，就入牌场，腰包鼓了，玩他个通宵过足瘾。

吸麦车缓缓开过去，摊晒的麦子会有半米宽被强力吸进车箱里，车底部两个转动的小扫帚，会把吸走麦子的空地两边的麦子均匀地扫向空隙处，如不仔细观察，很难看出门道来，一般也不会引起人的注意。

若要人不知，除非己莫为。这次，李四只顾心生欢喜，在路过晾晒的一片不足半米宽的麦子时，没把握好尺度，吸麦车开过去之后，车底部转动的扫帚没有麦子可扫，自然是一片精光。

这一幕恰好被来翻晒麦子的大娘遇上，大娘使劲儿揉着眼睛，不敢相信，眨眼间自家的麦子没了影。大娘颤巍巍紧走几步，追着车想探个究竟，看到了车底部那两个转动的小扫帚。

"我的娘呀！一定是车下面这两个小扫帚把俺晒的麦子扫到沟里去啦。"

大娘走到沟边看看，也不见麦子的踪影。

"快来人呀！不好了，俺家的麦子让车给'吃'了。"大娘的声音慌乱急促。

儿子和邻居闻声赶来。

"娘，麦子呢？"

"让那个车'吃'光了。"

"娘，说啥呢？您没看花眼吧！没见过车能'吃'麦子？"

"是车下面有个管子，还有小扫帚，开过去麦子就没了。"

"啊！车呢？"

"就顺着这个路朝前开走了。这才不一会儿，应该走不远。"

"我叫上几个年轻人沿路追过去，您赶紧的，报警吧！"

围拢来的邻居七嘴八舌，大娘让邻居帮忙报了警。

大约一小时，吸麦车被拦下，警笛声声，带走了李四。

骗子

"叔，身体还这么结实硬朗，真好，出来溜达溜达呀？"

"嗯，你是？"

"叔，咋不认识了？"

"你看，我这岁数大了，记性差。"

"叔，我是小胡呀！以前在您老手下当过兵。"

退休干部老王，年事已高，曾任多个部门的"一把手"，可谓威信高，人脉广，熟人多。"你看，你看，是小胡啊。"老王拍拍脑门哼哼哈哈热情了许多。

"叔，最近一切都还好吧！我现在调到了老干部局工作，您老以后有啥事，尽管知会一声。"

"单位不错嘛！好好干，有出息。"

"还不是您老当初'高看一眼，厚爱一层'培养得好！要不，咋会有我的今天。"

"好好好，还是小胡会说话，哈哈……"

此时，小胡一搭不接一搭地说着心不在焉的话，右手漫不经心地插进裤兜。

"大河向东流……该出手时就出手啊……"小胡裤兜里的手机响了。

"叔，不好意思，我先接个电话？"

"快接吧，你工作忙，别耽搁了正事。"

小胡离开老王两步远，大声回着话："什么？突发脑溢血住进医院啦，正在抢救，急需五千元抢救费？好，好，我马上赶过去！可我身上没这么多钱啊！这样吧，我想想办法，人命关天啊！一刻也不能耽搁，你让医生全力抢救……"

挂了电话，小胡立马变得一脸无奈，走到老王跟前面露难色地说："叔，刚接个电话，同事脑溢血住院啦，急需五千元抢救费，我身上一时没带钱，看能不能……叔，您放一万个心，我明早一定亲自来还！这是我单位刚给配的新手机号，您老记下。"

老王心想："人啊，一辈子谁不遇上个难事啥的，再说啦，还是以前共过事的同事，这个忙必须得帮。"

"行，救人要紧！不就五千块钱吗？家里有，你等着，我这就拿钱去。"

"叔，谢谢您啦！这可是救命的钱。"接过钱，小胡心里一阵窃喜，急匆匆走了。

一小时后，闲来无事的老王，善意地想关注一下小胡同事在医院的抢救情况，便拨打小胡留下的那个电话号码。

"对不起，您拨打的号码是空号……"

"呀！咋是个空号！"

电话通知

　　一早上班的点儿，确切地说每天早到晚归的小王，像一只勤快不知疲倦的蜜蜂，忙得不亦乐乎。

　　电话响了。这个点儿打电话，照往常的经验，不是有同事晚来或请假，就是群众有问题要投诉，还有一种可能就是上级单位电话查岗。

　　小王不敢怠慢，放下手里的活，快速拿起电话："喂，你好！哪里？……啊，检查通知，好好好，你稍等，我记录一下……"出乎意料，电话是省公司主管部门打来的。电话通知大意是：明天有位领导带队来市里检查工作。小王从对方的口气里觉察到，这个电话很重要，放下电话，急急忙忙到科长那里汇报。科长的门是关着的，小王这才想起来，距上班时间还差十分钟。

　　一刻钟后，怕误事有点着急的小王，拿着电话记录，随开门的科长侧身挤进屋。处事不惊的事务科科长见小王急慌慌跟进来，知道有事情汇报，示意小王坐下，说："啥事？拣重要的说。"

"哦，是这样的，刚接到省公司电话通知……"小王认真仔细地汇报着，生怕漏掉电话里讲到的每一个细节。

"哪位领导带队？明天几点从省城出发？来多少人？几男几女……"

小王脸一僵，怯生生地说："没弄清楚，我再去落实一下！"

小王返回科室，接通省公司那个电话，客气询问着科长提示到的几个问题，小心翼翼地一一核实清楚后，又认真仔细地记在小本子上，还连续看了三四遍，担心漏掉一个哪怕是无关紧要的字。做好上述工作，似乎胸有成竹的小王迈着轻快的脚步，再次汇报。

科长居高临下地拍拍小王的肩膀说："很好，很好！你再落实一下吧，问问省检查组在哪个高速口进咱市？从现在起，要随时和检查组的联络员保持联系，争取主动才能免于被动，这种事说大不大，说小不小，马虎不得，到时候会有领导去迎接，可不许慢待了。"

当小王第三次走进科长办公室时，看到科长已开始着手起草接待方案了。

半个小时后，小王拿着科长刚起草的接待方案，迅速走进打字室。

后来，小王心有余悸地说：那次省里来检查，整个活动行程安排很圆满，有声有色，检查工作非常顺利，受到了领导的充分肯定和多次口头表扬。那个重要的电话通知给他的启发是深刻的，终身受益。

没人搭话，小王自言自语："不是吗？一次就能问清楚弄明白的事，竟然打了三次电话才勉强过关，来往汇报三次才得以落实。"

差距，让他不由对科长有了仰慕之情。

上位

公司空出一个副职的"虚位",有实力的部门经理暗里较劲,跃跃欲试想上位。

临近下班的点儿,总经理老木给下属部门张经理打了个电话,约他来办公室坐坐。

"关键时候,这个点儿?说不定……"张经理心里禁不住一阵窃喜,一路快步小跑。

"当当当",听到三声轻轻的敲门声,木总经理起身到门口,亲自开门把张经理让进屋,还不忘出门四处瞧瞧,见没有人,才有点神秘地轻轻带上门。

按以往的惯例,都是敲门的人静等木总经理"进来"的允诺声,才能小心推门进来的。

"可,可这?"张经理此时心怀忐忑,怦怦跳的心似乎出了躯体脱了壳般飘出很远,想了许多。

"呵呵,张经理愣着干啥呀,快坐下,快坐下,等我给你泡杯上好的茶。"

"呀,木总经理平时的'啊啊'变成了'呵呵',客气还这么温和?"木总经理一反常态的举动,使得张经理愈发不适应，不知坐哪好。

躬身精致地泡好茶，见张经理还没坐。木总经理便神神秘秘来回搓着手，还故意把手焐热了，轻拍张经理的肩膀说："张经理，来来，坐到我的对面来。"

"谢谢总经理，看您那么忙，还给下属泡茶，这……"

"都是老伙计了，不用客气，你是公司里的大功臣，还是部门的大经理，理所应当的吗？"

木总经理说着递过去一支烟，俩人便不再说客气话。

"张经理，那个'虚位'？嗯，好好干啊……"木总经理的声音有磁性，停顿恰到好处有火候。

"呀！这话里有话啊？这意味深长啊！"张经理细心揣摩着木总经理的话，灵魂险出窍，朦胧里仿佛那个"虚位"上坐着的已经是自己了。

"来来，喝茶，喝茶。"

"哎呀，好茶，好茶。"

第二天，临近下班的点儿，总经理老木给下属部门王经理打了个电话，约他来办公室坐坐。"呀！这不是空出来的副职提升的机会吗？"王经理心里想着，迈开乐悠悠的步伐。

第三天，临近下班的点儿，总经理老木给下属部门李经理打了个电话，约他来办公室坐坐。

……

木总经理如此三番约谈了十个人。

约谈过的每个人都以为，只有自己被木总经理约到过这里，于是充满了希望，心存感激，上位有戏。

木总经理想："我拍了十个人肩膀，十个人都会努力，虽然最终只有一个上了位，其他的也不会埋怨生恨，只好敷衍自己能力有限待提高等等。毕竟僧多粥少，只有一个'虚位'啊，更重要的是因为他们还想有下次晋升机会！"

不久，公司人事调整，"虚位"不再虚，有一人"上位"。

"咋也不能怪别人，自己真没用！领导都这样单独约见拍着肩膀支持了啊，好在还有下次机会。可……"有点失落没上位。

"唉！"欲言又止。

你猜

半年前，王局长老家的娘打来电话，说："儿啊，您爹天生闲不住，就是个出力干活的命，这一天没事干，闲得手脚都痒痒。嘿嘿。"

当局长的儿子问："娘，您这话里有话是夸俺爹还是奚落他，爹又咋啦？"

"哈哈，咋啦？你爹不让跟你说。"

"呀，娘，有啥事不和当儿子的说，那咋行！您说是不？"

"那，娘说给你听，你可不许给娘透出去半点风声，你也知道你爹那个犟脾气，认准的事，九头牛都拉不回！要是你知道了劝阻他，说不定你爹又会整出啥幺蛾子来埋怨我。"

"行，娘，您就放心说吧，儿子一定保守秘密。"

"儿啊，昨天，你爹通过了招聘面试和体检，与人家签好协议了，要去离家不远的那个阳光小区当保安，说是黑白班来回倒，月工资给一千六百元呢。"

"呀，娘，爹恁大年纪能行吗？您就没好好劝劝俺爹？"

"嗨，劝啦！不管用。娘还说了难听的话，可你爹就是较上犟劲，死活不听娘的劝。"

"哎，俺爹就那犟脾气，您咋劝的？"

"我赌气说，儿子都当上局长了，大小也是个有头有脸的人物，你恁大年纪还去当保安不是丢人现眼，打孩子的脸吗？再说了，知道的人能理解，可不明情况的人会咋想？这不是给孩子留下个不孝的坏名声吗？嘿嘿，你猜？你爹咋说？"

"娘，您就别卖关子啦！俺爹咋说？"

"你爹说，儿是儿，我是我，儿子是官就要做个对得起良心敢担当的好官，当爹的我是民就得自力更生出力干活，我这身板硬朗得很，岂能坐享其成，靠当官的儿子养活！嘿嘿，趁现在还能出把力，当保安咋啦！又不是啥出重力气的活。孩儿他娘，咱不能落下个'啃儿族'的名声，你说是不？真正到了不能动弹的那一天，不指望儿子指望谁？看看，你爹的话一套一套的，娘要是再劝，实在没话说。"

"嘿嘿，娘，俺爹的脾气俺打小就知道，有娘照顾着爹，俺心里有数！俺尊重爹的选择，只要爹开心乐意，这个事俺'揣着明白装糊涂'，行不？"

那天，办公室的老王匆匆来到主任办公室，凑近李主任耳旁神秘兮兮地说："你猜？我昨天发现啥秘密了？"

"嗨，恁大年纪了，看你磨磨叽叽、神神叨叨的模样！说吧，发现'宝藏'了？"

"嘿嘿，那倒不是，你猜猜呗？"

"猜猜？愿意说就说，不愿说赶紧走人，没看我忙着吗？"

"哎，知道你也猜不出，是有关咱王局长家的私密事。"

"呀，啥事？"

"王局长他爹当保安了，知道不？嘿嘿。"

"啥？谁说的，我咋不知道！哼，管好你那撒风漏气没把门的臭嘴巴！别听风就是雨，到处瞎咧咧。"李主任半信半疑，告诫老王不要捕风捉影胡乱说。

"嗨，是真的，我都亲眼看见了，还能假？"老王眼放绿光，像发现了新大陆兴奋不已。

"哪儿见的？瞧你那眼神，保证不会看走眼？"李主任抬眼望着老王，不屑地问。

"就在昨天，我老同学的孩子结婚，我去了局长老家的县城喝喜酒。没想到啊，局长他爹就在我同学居住的那个小区当保安，门岗四面都是透明的玻璃，嘿嘿，我一眼就认出来了。不会看走眼！你忘了，以前局长他爹来局里找过局长，我亲眼见过，这次我还和他爹一起唠了两袋烟的磕呢。嗨，这回你该信我说的话了吧。"

"是吗？恁巧。你们唠些啥？"

"嘿嘿，那老头好着呢，唠叨的都是些家长里短的话，还别说他老人家待人可好了，听说我是局里的人，他还客气地接连让给我两支烟，还非要拉扯着我去他家里吃饭，说啥不让我走呢。"

"那你去了吗？"

"哎，我这是去喝喜酒，哪能去他家吃饭，你说是不？"

"哈哈，是吗？让你抽的啥牌子的好烟？"

"嘿嘿，不瞒你说，是两三块钱一盒的孬烟。当时呀，嫌孬不抽吧，又怕驳了老人家的面子！这抽吧，直呛得我两眼流泪，还咳喘不止呢。嗯，咱啥时抽过恁孬的劣质烟！这不掉价儿，有失身份吗？"

"唉，我说你呀老王，真是狗眼看人低，抽劣质烟咋掉价儿、失身份了？"

"嗨，我是想，他儿子是市局的一局之长啊，他咋能让他爹抽恁孬的烟？我猜他爹当保安的事，局长也一准不知道，你信不？要不就是咱局长为人不孝，家里的爹娘生活困难，不得已他爹才去当保安。"

"不会吧！局长作风正派，政绩突出，去年才刚从副职的位子上转成正职，待人接物周到亲切，能是个'表里不一'的不孝子？哼，我不信！"

"唉，不好说！你看啊，局长是个独生子，他的爹娘都快七十岁的人了，要是孝顺，咋还让他老爹去当保安？咋不把爹娘接来城里住？这不是明摆着的理嘛！"

"嗯，这？似乎有道理。要是这样的话，咱这局长人品可是不咋地！"

"呀，那咋办？"

"局长不孝，咱不能不仁义，是不？"

"有啥办法？治治这个不孝子，扒下他虚伪的外衣，让他丢丢人！"

"这事咱不能明了说，我看这样吧！临近年关了，咱不是要慰问机关贫困职工吗？"

"是啊，每年局长都要亲自带队去看望慰问。"

"今年慰问时，你提出申请，就说你老家的爹娘身体不好，看病花光了所有积蓄，还欠了一屁股债，这样我就能顺理成章地提出去看望慰问，到时咱……"

"呀，高！明白。"老王五体投地，竖起大拇指。

腊月二十六那天，王局长带领局机关相关人员和慰问品，挨家逐户为困难职工送温暖。剩下最后一户，就是要去远离市区的农村慰问办公室老王的爹娘。

老王说："局长您忙，这眼看就到了下班的点儿，去村里的路孬，这一趟至少要一个半小时，局长的心意俺领了，您就甭去了，让办公室李主任代表您去行不？"

一旁的李主任会心一笑，接过话茬说："老王说的是啊，时间太紧了，临近年关机关事务多，我代替您去慰问，局长您就放心吧。"

"那，也行。代我向老人家问个好，就辛苦李主任代表局里去看望吧，看看家里还有啥实际困难，尽管提出来，咱共同想办法来克服，说啥不能委屈了家里的爹娘！"王局长挥挥手，坐上车离开了。

王局长离开后，老王上车坐稳，李主任调转车头去了王局长的老家……

过年

今年除夕那天，二黑早早摆好桌凳，备齐酒茶，把大哥和三弟两家人请过来。团圆的一大家子十几口人，乐陶陶围在老人身边说着暖心话。二黑的娘挂着拐棍乐哈哈，皱纹里漾满幸福甜蜜的笑。

看看手机上显示的时间，二黑招呼着："人齐了，上菜吧！"

"好嘞！"二黑媳妇香草应声去了厨房。

"咱也搭把手，帮帮忙。"大嫂春兰起身招呼三弟妹晓雪。妯娌仨说笑往来间，圆圆的餐桌上摆满了热气腾腾、色彩斑斓的饭菜，漾着诱人的香。绕圆桌一周的酒杯里斟满了白酒、红酒、牛奶和水果饮料。

娘坐在宽大舒适的椅子上，见饭菜摆满桌，起身笑着说："饭菜备好了，开吃吧！"

"那咋行！开吃前，我们要一同给您老拜年。"二黑起身招呼。

"对，今年俺们一起给娘拜年。"春兰挪步走到娘跟前。

"娘，您坐下，明天是春节，一年一个时候，儿子、媳妇和孙子、孙女们给您磕个头！"大哥王一心退后一步，转脸招呼大家。

一大家子人郑重地双膝跪地，磕头……

"呵呵，磕啥头！孩儿们都别跪了，现在不兴这个了，你们个个都孝顺，娘一辈子能摊上你们这些好儿孙、好媳妇，就是最大的福气啦！你们的好，娘记在心里了……"

王一心说："爹走得早，娘一辈子受苦受累，勤俭持家，把我们兄弟三人一把屎一把尿拉扯大，不容易啊，该享享清福了！"

春兰说："是啊，咱娘年岁大了，年轻时吃苦遭罪落下了腰疼的老病根，以后俺当媳妇的要用心好好伺候娘。"

"是，一定好好伺候娘！"春兰的话还没落地，香草和晓雪频频点头应声。

王一心逐个点名招呼孩子，说："你们几个小辈，要学习奶奶的好品质，学会感恩担当，尽孝道。"

话音未落，几个孙子辈孩子，齐刷刷起身："是！放心吧，你们孝顺奶奶的点点滴滴，都是俺们小辈学习的榜样！"

娘脸上乐开花，摆动双手说："快坐下，端起杯，过年喽！"

母亲节

母亲节那天，医院急诊科专家刘主任休班。他早早就给老家的娘打电话说要回家，又去超市买了娘爱吃的零食。

作为一名"救死扶伤"的急诊科主任，刘主任至少有三个母亲节没回家啦，想到今天母亲节终于能回老家陪伴七十多岁的娘过节日，刘主任很开心。

一路小心开着车，用心用情哼唱着一首歌："想想小时候，常拉着妈妈的手，身前身后转来转去没有忧和愁……"

回家的路程大约走了一半，电话响了，是正值班年轻的李大夫打来的。

"李大夫，有急事吗？"

"刘主任，您在哪儿？"

"在回老家的路上，是不是……"出于医生的职业敏感，刘主任放慢了车速。

"那……那？"

"有啥事，不要吞吞吐吐，快说！"

"急诊来了一个危重病人，我……"

"一定要快，打开'绿色通道'全力抢救，我马上到！"刘主任没有丝毫犹豫紧急调转车头。

抢救一直持续到中午十二点多，由于抢救及时，老人转危为安。

转危为安的患者是一位年过六旬的老母亲，其老伴说，儿子儿媳都在外地工作，由于突发疾病，至今还没顾上和儿子联系。

了解详细情况后，疲惫不堪的刘主任换好衣服，看着手机上母亲打来的三个未接来电，心怀歉疚拨通了母亲的电话。

"娘，对不住啊！又不能陪您过节啦！我……"

"傻孩子，能怪你吗？天下母亲都是娘啊！"

挂了娘的电话，刘主任匆忙走向自己的车，拿出给娘买的食品和礼物径直走进那个病房……

回家

　　飞快驶向北方的列车上，小乔轻盈舒展着曼妙的身材，车厢漾满她的笑语欢歌。

　　她牵着小辉的手不时呢喃耳语，海誓山盟说着"不离不弃"。

　　小辉大学毕业后留在南方大都市一家企业打工，与这里土生土长的小乔从相识到相恋已一年有余。今年"五一"，小乔非要小辉带她去他北方的老家看看。小辉开始有点犹豫和顾虑，因为刚恋爱时他曾半开玩笑地说过老家有房有车。对小乔最初娇羞的再三软泡硬磨，小辉并没太放心上，最多也是以哄劝委婉相拒；直到小乔心生怨气，扬言分手，小辉才放宽最初定下混出个人模人样回家的底线，决定提前带女友回家。

　　下了火车，小辉和一辆出租车讲好价钱，几经辗转到了一个偏僻的小村。

　　"到啦，恭迎'公主'下车吧！"

　　"到了啊！"小乔勉强下车，就是这三间瓦房吗？这哪是想象中的别墅楼房，更别指望心驰神往的"宝马"啦。

热情的小辉父母倾其所有，做了一桌丰盛的饭菜。没有胃口的小乔没吃几口，暗淡的眼神在院里那辆绿色环保的电轿车上飘忽不定。

第二天一早，还在睡梦中的小辉被车喇叭声惊醒。

"你这是？"

"对不起，我真的要走了！"

"为什么？"

"什么都别说了，我……"

"那吃过早饭，我送你！"

"不用了，车在门外等着呢。"

"车？"

……

看着远去的车，还是昨天来的那辆出租车。

"小乔啥时留的电话号码？"小辉摇摇头，一脸茫然，他不知道，实在也不想弄明白。

诱惑

　　小王借了辆宝马车，带着漂亮的女友，风风光光回到家乡。眼馋得父老乡亲"啧啧"唏嘘，左邻右舍议论纷纷话短长。

　　"看人家老王家的小王在外面混了没三年就混上宝马车了！"

　　"听说还带来个媳妇呢？又高又白又俊真漂亮！"

　　"我看有点离谱？三年能挣多少钱？除非去砸银行。"

　　"说的也是呀！要知道以前小王在家时可是游手好闲、吊儿郎当！"

　　说归说，村里的几个小青年先后溜进小王的家，在小王热情的招呼下，尽情享受着从小王那蹭来的软中华，在吞云吐雾的快感中，又喝上几瓶鲜啤酒，把持不住地心生羡慕。

　　"哥，你在外面干的啥好生意？这么牛！"

　　"就是，给咱兄弟说说，也让我们开开眼界！"

　　"好，都是自家村的弟兄，来，干了这杯酒！"

"叮叮当当"碰着酒杯，觥筹交错中，起坐喧哗，众宾欢。

"这么跟你们说吧，当今的公司老总就是我媳妇她爸，也是我的老岳父。你们想想，我媳妇是独生女，那早晚还不是我接班掌管啊！哈哈。"

"哎呀呀！我的乖乖！好事都让王哥摊上了。"

"王哥，你吃肉，也能让我跟着你喝点汤不？"

"就是呀，带上我们几个给你保驾，早晚你都要接班，要提前建起来你的'王家军'啊！到时有备无患。"

"看你们兄弟说的，但我现在身份特殊，更要低调做人、高调做事啊！"

"那哥你就高调高调，给我们几个指条明路行不？"

"想去呀？后天跟我车走，不过家里的大人要是不同意？那可就怪不了我啦！"

"你话说哪去了，跟着王哥你去，家里一百个放心，一准会同意啊！"

"是啊，都是一个村的，跟着王哥家里人放心。说不定回来时还能带个俊媳妇呢？"

按照小王的嘱咐和要求，村里有三个小青年说服父母，每个人带了三千块钱去寻梦。

十天后，三个小青年分别用新换的外地手机号，给老家所有的亲戚打遍了电话。

"真是瞎了眼啦。借个破车忽悠人，带个女团伙充媳妇，这个害人不浅、挨千刀的小王八羔子，这是作孽呀！"

"你千不该万不该，咋也不能带上自家村里的兄弟搞传销！"气愤的乡亲后悔不迭、捶胸顿足骂小王。

酒瘾

　　某市戒酒治疗中心二十张床位，三天前就已住满。昨天一早，小王和娘陪着喝酒成瘾的爹来治疗中心戒酒。中心的医护人员很热情，尽管没了床位，还是特意在走廊的过道里加了一张床。

　　很快医生问诊、护士下医嘱，不到半小时就给老人输上了液。

　　一早，小王买来稀饭和包子，准备叫老人吃早饭。

　　"医生快来看看吧，俺爹叫也叫不醒，咋没了一点儿动静？"

　　惊叫声里，值班的医护人员匆忙赶来，把老人推进抢救室，全力救治。半个小时已过去，老人始终没醒来。

　　整个抢救过程气氛紧张，小王的娘却一直在外面静观不语。抢救室外的小王急得悲痛声出，泪眼婆娑，希望爹快点醒来。大约又抢救了一刻钟，老人脸色蜡黄仍没有气息，却也闭目养神般不像逝去的样。

"来时好好的一个大活人，戒个酒，咋就成这样？"小王把持不住要发泄。眼看火星四冒，小王的娘才缓缓站起来，柔柔地招呼小王："傻孩子，别挤眼抹泪啦，赶快去买瓶高度二锅头，快去。"

"到了这光景，买酒干啥？"回着娘的话，小王不敢有半点怠慢，转身跑出去。

接过二锅头，用劲拧开盖，小王的娘走过去敲开抢救室的门，说："医生护士您闪闪，俺这里有'偏方'。"

"误了抢救谁担责？大娘，您快出去。"

"误了救治不怨您，就让俺试一试。"

"大家原地不动，大娘您要配合，快点试试就离开。"

眼见大娘拿着酒，不急不慢放到老伴的嘴唇边，开始慢慢滴，后来渐渐快。大约两分钟，一瓶酒下去大约三两，老人的嘴角蠕动自觉配合喝起来。喝到半斤时，老人突然坐起来，两手抓酒瓶，一口气喝了足足三两。

"奇了怪了，这是啥'偏方'？疗效这么快！"医护人员都惊呆了。

"这是遗传的病，祖传的方，这不好了吗？"小王的娘笑得很淡定。

"没酒能要命，酒就是'偏方'呀！"看到爹醒过来，小王也咧嘴大笑。

"这样的病要不了命，不下狠手难根治，大娘有'偏方'，回家慢慢调理慢慢治，办个出院手续回家吧，赶紧的。"医生护士忍着虽没笑出声，也咧得嘴巴变了形。

"多年的习惯整两口，没酒还能晕过去？老婆子，刚才我还真晕过去啦！"小王的爹意犹未尽抹抹嘴。

匆忙来戒酒治疗中心治酒瘾，没想到差点丢命虚惊一场。小王说："俺爹的酒瘾以后咱不治啦！平时注意掌握点量，少喝点，没大事。"

"对你爹这样有酒瘾没出息的人，也只能这样啦！一旦缺了酒，装神还弄鬼。你看把那医生和护士吓得。"

"开始我也很害怕，生怕俺爹他真的……"

"呸呸……你爹死不了！"

"是是，看娘的'偏方'多管用，半瓶小酒灌进俺爹的嘴，马上见奇效。

医生和护士想笑不敢笑，嘴都憋得变形啦！嘿嘿。"

"爹，您感觉身体舒服点不？"

"可惜啦。老婆孩子不懂事，半瓶二锅头咋能落病房，说啥也该带回来！"

"娘，你咋没把灌俺爹剩下的半瓶酒拿回来？"

小王娘说："不要啦！为戒酒瘾弄的这一出，说出去还不笑死人，让你爹留个念想吧……"

有话你就说出来

"女人的寿命比男人长！"张教授是研究国学的权威。

"是啊，生理因素决定。"李教授是医学方面的专家。

"不尽然啊！除了生理因素，还有别的因素更重要……"

"依据在哪里？"

"女人的寿命长，一是有话说出口；二是有泪就要流，不憋气。而说男人的寿命短，一是有话憋心里；二是有泪不外流，能憋气。"

"这是普遍现象还是个例？忍与不忍能决定生命的长短，我不相信！"李教授摇摇头。

"那我问你，小张竞选处长有绝对的优势，最后'咔嚓'竟没上位，憋屈不？"

"遇到不公平，当然憋屈！"

"那，他会到处说出去不？"

"一般不会说，也许会呢？这要看个人的修养和个性吧！"

"说，也不会说实话！难道你会告诉领导说这个事不公平，你憋屈？"

"如果是我，肯定不会这样做。也许，有些人会说出来呀！"

"说出来也会是违心话！大部分人都会对领导说是自己能力不行、有待提高、今后会继续努力之类的虚套话。道理很简单，因为还想等下次机会啊！"

"道理是深刻。难道也不会说给老婆听吗？"

"因为是男人，回家不会分享苦累来减压！"

"那女人遇到这样的事情会怎样？说来听听。"

"女人会理所当然、不分青红皂白地说给老公听，说到动情处甚至还会鼻涕一把泪一把，心疼得老公这样哄那样逗，逗乐为止。行了，这女人怨气憋屈一旦发泄，减了压，说不定一会儿就有说有笑了。"

"博大精深的国学理论，悟透了增寿还减压。"

"哈哈，见笑啦！其实，每个人都有上下两个口。上口，是增加能量加压的；下口，是释放废物减压的，没有这两个'口'，肯定会出问题。"

李教授说："你让我明白了一个看似浅显的深道理。"

张教授说："珍惜生命自现在，有话你就说出来……"

限号

　　雾霾肆虐像个黑色的幽灵笼罩大地，一片白茫茫。那段时间气象台持续发布雾霾黄色预警信号，重度霾天气仍将持续。监测点全"沦陷"，全城"抗霾"，道路限行。

　　小王说："唉，最要命的是车辆限号！"

　　第一天限号，单号行。

　　小王自己的车尾号是"8"，妻子的车尾号是"6"。自家车出不了门，小王搭不上车，只好步行上班，结果提前半小时出发，上班却迟到了一刻钟。

　　"政府在努力，环保部门在行动，每个人是不是也应该为抗霾做点什么？比如雾霾天少开车，不开车！"面对这灰蒙蒙的城市，不少市民发出这样的倡议。

　　小王不以为然："靠限号能解决问题？我不信！"

　　晚上下班回到家，小王和妻子几乎异口同声："买车，车牌要单号！"

　　小王说："你限号，我买车，活人总不能让尿憋死吧。"

"家里不差钱！"小王的老爸开公司是富甲一方，很任性。

"要买买两辆！"妻子的老爸是大房地产开发商，更任性。

不几日，小王和妻子各自拥有了一部新购的爱车，牌子吗？当然都是单号，是别人梦寐以求的靓号。

双号开旧车，单号新车行，单位的同事除了羡慕嫉妒恨，偶尔还能蹭蹭车。

又一双号雾霾日，早上出去好好的，晚上回来变了样。

侥幸的小王酒后驾驶，罚款一千，吊销了驾照；妻子开车走神撞在路沿上，车毁。

"唉，家里还有两部单号车，只有一人能驾驶！"叹着气，说着不再任性的话，小王夫妻俩很沮丧。

请客

公司参加全省比赛拿了一等奖。

经理抿着嘴笑一会儿，突然一拍桌子："晚上请客，参加比赛的人人有份！"

五个参赛队员，加上经理、主任共七人。

人到齐后，经理说："七个人好！七上八下，明年还有空间，争取再上新台阶，拿下特等奖！哈哈，有信心不？"

"有，这是必须的！拿下，拿下！"大家异口同声。

"好好，开始点菜，一人一个，最后我点一菜一汤！"

大家轮流看菜单，点自己喜欢的菜。

四十不惑的张三年龄稍大，来回翻菜单不知点啥菜好。

"呀，咋还有叫'男人四十'的菜，没吃过，尝尝鲜！"

······

最后经理点菜，不知是出于好奇想知道"女人四十"的菜是啥？还是和"男人四十"的菜相应凑点乐子，就点了这道菜，"汤吗？大家尽力又辛苦，点个贵点的'野生老鳖汤'，犒劳犒劳不差钱。"

……

不一会儿服务员端上张三点的菜，转着餐桌介绍菜："您点的'男人四十'，请慢用！"

定睛一看，大家笑着说："哈哈，以为是啥稀罕菜，菜名怪好听，'花心萝卜'一小盘！"

……

大约过了一刻钟，服务员端上经理点的菜，介绍完毕笑声更高："嘿嘿，哈哈……"就差把房顶掀起来。

最后端上的是野生老鳖汤，大家都熟悉这个经典的菜，互相看看没谁好意思先喝汤或动动筷，就等着经理来剪彩。

"好好，来来，老鳖，吃。"

看大家没动筷的意思，经理笑笑说："老家老鳖叫王八，来来动动筷，王八我先吃！"

"噗嗤"不知是谁嘴里漏了气，笑声漾满了屋……

一壶热豆浆

　　天寒地冻，雪花飘舞。阳光小区不远处的十字路口，张一心和陆一鸣两名执勤的交警已经在岗位上站了一个多小时了，满身雪花，脸都冻红了。

　　今儿个是周末，读初三的儿子小强外出买学习用品回到家，恳切地问母亲："能不能给我做一壶热豆浆？"

　　母亲一头雾水，满脸惊奇地打量着儿子，大声问："儿子，你这是咋啦？我见你早饭没少吃，这才上午十点多一点，恁快就饿了？"

　　小强左手摸摸后脑勺，右手指指窗外的十字路口，冲母亲笑笑说："我回家的时候，看到小区路口指挥交通的那两位叔叔的脸都冻红了，我是想……"

　　"呀，好孩子。"母亲会心一笑，打开冰箱拿出泡好的五谷杂粮，快步去了厨房。

　　……

　　左手提着一壶豆浆，右手拿着两个一次性纸

杯，小强快步来到十字路口。

倒好两杯豆浆，小强小心翼翼地端着，分别走到两名交警跟前，笑眯眯地说："叔叔，你们辛苦了，请喝杯热豆浆吧！"

张一心问："你，这是？"

"这是我妈刚刚制作的热豆浆，天冷别凉了，快趁热喝了吧，暖暖身子。"

陆一鸣问："孩子，你是？"

"叔叔，我家就住在前边的阳光小区，每天上学放学都经过这里，叔叔的身影我可熟悉了。嘿嘿，叔叔快点喝了吧，别凉了。"

"谢谢你，孩子，我喝，这就喝。"接过热乎乎的豆浆，俩人脸上漾满笑容，豆浆里加了糖，喝在嘴里，甜上心头。

阳光小区旁的十字路口是市区较为繁忙的路口之一，每天早上八点，张一心和陆一鸣就准时在这个路段执勤，用心用情指挥交通。

张一心说："天气冷了，常有市民叮嘱我们多穿点衣服，下雨天也会有热心的市民递上伞，可天寒地冻的天，有孩子给我们送豆浆还真是第一次，心里挺感动。"

雪花还在天空撒着欢儿飘，望着路上欢快渐远的孩子，陆一鸣自豪地说："责任在肩，天寒心暖……"

驴丢了

张三强和朋友李二黑合伙贩驴，昨天凌晨一点，才把从外地贩买来的六头驴子赶进张三强家没人住的后院，两个人打着哈欠回了前屋，衣服没脱，躺下不一会儿就入了梦乡。

做美梦的张三强，牵着六头驴子卖了个好价钱，正喜滋滋数钞票，忽然一阵阴风吹来，手里成沓的百元大钞呼啦啦，被吹上了天。他蹦着高追撵着，嘴里还不停地大声喊叫："哎哟，我的个娘……""扑通"一声，跌落床下。他睁开眼睛，屋里黑乎乎，"呀，吓死我了，这是梦里啊！"

张三强做了噩梦，醒来冷汗涔涔。其实，李二黑也没闲着。梦中的他，左手捂着鼓囊囊的装钱的黑提包，右手刚把驴缰绳交给买驴的赵老大手上，没承想那头老公驴突然撅起蹶子，挣脱缰绳，后蹄子朝着李二黑的裆部踢过来，大声叫着逃窜了，其余的五头母驴没了命地紧随其后，眨眼不见了踪影……从地上爬起来，李二黑没命地喊叫："哎呀，不好了，驴跑了……"

三强用脚踢了一下二黑，气鼓鼓地问："你穷叫唤啥？恁瘆人！谁家的驴跑了？"

二黑用手捣了自己的大腿，嘿嘿傻笑："做噩梦了！哪能啊，我们把驴妥妥地关在后院，除非那驴子成了精，自己会开门。"

三强揉揉眼，看看手机，自言自语："驴不通人性，咋会自己开门出去溜达，这才凌晨三点多，明儿个一早咱还要去集市呢。"

二人不再言语，重新躺下睡觉。

三强躺下辗转难眠："呀，还真忘了，后院到底锁没锁门？"

二黑一惊坐起来说："你可别吓唬我，不会吧！快去看看！"

三强和二黑开灯下床，磕磕绊绊就往后院跑。眼见大门敞开，院子里六头驴子不声不响消失了。二人心存侥幸又找遍了院子的角角落落，也没见到驴影。俩人捶胸顿足，一屁股坐地上，"当当当"敲着脑壳，说着怨天尤人的丧气话。

三强说："六头驴子五万多，咋说没就没了！二黑呀，二黑弟，哥我粗心也罢了，可你咋不细心点！提醒我把大门锁上。"

二黑问："三强哥啊！这到底是你家还是我家？咱来时你家后院的大门就没上锁呀！再说，你家的锁在哪？我哪知道。唉，你就是个蠢驴啊，不不，我是说这些个蠢驴啊，半夜三更、黑灯瞎火的夜里，能跑哪去？"

三强一骨碌从凉湿的地上爬起来："埋怨管个啥用，快起来，咱去找驴吧！"

二黑不敢怠慢，迅速爬起来，问："去哪找？这地你熟，我跟着。"

"驴啊，在哪？"

"驴啊，你在哪？快点回来吧。"

凌晨四点多，不顾寒冷路滑，两人急急慌慌去找驴。可能是想到"蠢驴"会走老路，三强骑着电动车沿昨晚来时的路"喊魂"似的叫着，二黑坐在后面拿着手电筒不停向路两边照晃着……

俩人一路找驴，直找到早上六点，嗓子喊哑了，也没找见一根驴毛，身心疲惫的三强和二黑叹气不止，垂头丧气！

"唉!"李二黑叹口气,问:"咱还找不?"

"唉!"张三强叹口气,说:"不能放弃!"

"那……咋找?去哪找?说不定咱那六头驴,早进了人家的大汤锅!我看是'寡妇哭儿——没指望了'!"

三强突然一拍脑门,说:"哼,就算是进了汤锅,入了人肠胃,总会剩下些驴毛?哎,有办法了。"

二黑一头雾水,乜斜着眼问:"啥办法?"

"快走,咱去乡镇派出所,说不定……"

派出所门口,三强和二黑刚停稳电动车,就听见所内传来一声熟悉的驴叫,紧接着像开锅的水,驴鸣声一片……

"耳背"娘

　　孙亮的爹去世早，娘一把屎一把尿辛苦拉扯他成人。那年孙亮娶媳妇时，忙里忙外欢喜不尽的娘，不小心被燃放的喜炮震懵了耳朵，落下个耳背的后遗症。特别是近两年，说话时要很大声，她才能听出些声响。

　　昨天，在城里工作的孙亮回家看娘，放下买给娘吃喝的东西，刚刚坐在娘递过来的板凳上，手机的微信提示铃音响了，他掏出手机一看，是同学发来的一条邀请他吃饭的微信息。

　　娘问："小呀，回家屁股没暖热凳子，就拿出手机晃来晃去的，瞎胡捣鼓啥？"

　　儿子孙亮特意大了声说："娘，同学群里发来信息，喊我去吃饭，回家来看娘，咋能去？我给他回个不能参加的客气话。"

　　娘点点头，似乎听明白了儿子的话，说："嗯，同学要来家。好啊，咱可别慢待了人家，多一个人也就是添双筷子的事，娘做饭时多添碗水就是了，让你同学来家吧，一会儿娘就做饭去。"

孙亮听了娘的话，知道是耳背的娘误解了。于是，挪步凑近，嘴巴贴着娘耳朵，大声说："娘，看您说的啥？我是说用微信回个话，不去和他们吃饭了！"

"我说呢，来家不陪娘，还能不落腔就回去陪同学吃饭去？嗯，知子莫过娘，你同学不来啦，你也不会去，是不？"

"嗯，我哪也不去，在家陪娘。"孙亮心想娘耳背多年了，就算大了声，娘咋也听不清儿说的话了？也许自己经年回家稀少可数，时间久了，娘不再熟悉儿子的声音，娘"稀里糊涂"说的话让儿子眼泪巴巴。回家来陪娘，非要玩微信吗？孙亮关了手机，大了声问："娘，粉条炒豆角，还能做出老味吗？"

娘一愣神，问："小呀，你说啥？嘿嘿，娘耳朵不好使，你用手比画比画。"

孙亮眼涩心一颤，快步去厨房，拿出粉条和豆角，在娘眼前晃几晃，又凑近娘身边，高了嗓门说："娘，这个菜还能做出老味吗？"

娘嘿嘿笑笑，说："小啊，你这一比画，不用再说话，娘就知道了。咋还惦记上你小时候爱吃的缺少油水的豆角炒粉条了？今天不行，知道你要来，今儿个一大早，娘就买来了五花肉，还有你爱吃的小炸鱼、水煮花生米。小啊，以后别节俭过日子了好不？看看你，瘦得像麻秆，娘看在眼里心疼！"

"嗨，娘，我知道了。"孙亮应着娘的话，像小时候一样，走进厨房扒扒灶里的锅底灰，准备给掌勺炒菜的娘拉风箱烧火。

不一会儿，娘刷好锅，开始炒菜了。

"好好，呀！娘，您炒个菜咋放恁些油？"

"嗨，以前家穷，一斤棉油吃半年。现在日子好过了，儿子来了，娘还能不舍得多放些油？哈哈。"

"哎呀，娘，放多了油并不好，现在提倡菜里少放油。"

"提倡少放油，这就是说当年过的穷日子还穷出好事来了？唉，娘是不是老年痴呆，糊涂了！"

孙亮接过娘的话，说："娘，看您说的啥话？我看您一点不糊涂，心里明白透亮着呢。要不，我接您去城里我家住吧，您一个人在家，儿子实在放心不下。"

　　"孩儿啊，那咋行？你一家四口人，里外两间屋，娘去了哪能住得下。再说了，家有一亩三分地，还要娘打理，这除了耳朵有毛病，娘身体棒着呢！只是你空闲了，常带媳妇孙子来家看看，娘就知足了。"

　　"娘，等日子好过了，我一定买个大房子，把娘接进城里住，天天陪着娘，中不？"

　　"中！娘盼着这一天。"

　　"对了，娘，我吃过午饭，下午就要回城了，儿子给您留点钱，平时您想吃啥就买点，好不？"

　　娘摆摆手说："唉，小啊，使不得，你花钱的地方多着呢，看看家里，娘啥都不缺。这说不定哪天，娘两腿一蹬，生不带来死不带去，娘要钱有啥用？哈哈哈……"

　　"那……娘需要啥？和儿子说，以后儿子每星期都带媳妇和孙子孙女来老家陪娘，行不？"

　　"行行，娘盼的就是你这句话。小啊，看看娘都是土埋脖子的人啦，不知这辈子还能和你说几次全乎话。你这上午来了下午走，以后就别拿着个'铁疙瘩（手机）'哼哼哈哈了，晃得娘心慌，好好陪娘说说话，多好！"

　　"嗯，娘，儿知道了！"忽见娘脸上漾满笑意，孙亮轻拍脑门，一头雾水，满脸惊讶：呀！这刚才一问一答的话，声音并不大，娘都听清了？娘不是耳背吗？难道……

模范村

"怪病"袭来，谣言四起，全民关注。

二〇〇九年三月，在当地农村闹得沸沸扬扬、人心惶惶的"怪病"，打破了人们原本平静的生活。症状为发高烧、头疼、呕吐，四肢和口腔起水泡，发病急、快、凶，患病的多是五岁以下的小孩子，重点在医疗资源匮乏的农村，农村患病的孩子占了九成多，让人心生恐惧，揪心伤神。

紧张不安的情绪荒草般在乡村扩散蔓延，蒙在人们心头上的阴影挥之不去。

因"怪病"死亡的孩子每天都在增加，谣言野火般蔓延……

"唉！都是可怜的小孩子呀。"

"西村一个活蹦乱跳的孩子得'怪病'没三天，说没就没了，你说疼人不？"

"咱乡里都已经死了二十多个小孩啦！"

快言快语的二婶叹口气，接过话茬："听说医院都住不下了，连走廊里都挤满了得'怪病'的小孩，你说俺孙女天天关在屋里也不是办法呀，咋整？"

"嗒嗒啥？还嫌不够乱？再瞎胡咧咧传谣言，看我敢不敢扇你的脸！"村主任倒背着手走过来，气得脸都变了形，吐着唾沫跺着脚。

"不是我一个，大家都在说，是真是假谁知道？还老大伯哥呢？给你扇，给你扇！"

"别再管不住你这张破嘴四处瞎咧咧，看好自己的门，管好自己的人！啥'怪病'？医生说了是手足口病，老老实实听喇叭去。"

此时，乡里绑着大喇叭的宣传防疫车行走在街头巷尾，一遍遍不厌其烦地吆喝着："手足口病可防、可控、可治，村民们不要造谣、信谣、传谣。预防千万要认真，必须大家都操心。褥被衣物要勤晒，街道碎柴垃圾清除净，院内消毒别马虎，茅坑里撒上石灰消毒快……"

乡里宣传防疫的车刚刚离开村，村委会的广播又开始轮番播报："各家各户注意啦！家里有七岁以下孩子的家庭注意啦，连续三天时间里，中午十一点二十分和晚上七点四十分，都要好好在家待着，注意收听收看防治'怪病'……啊，是手足口病防治专家访谈节目，谁家听不好、记不牢、防不好，到时吃亏的可是自己家的孩子啊！重要的事重复三遍，我再讲第二遍……"

"消毒水够不够用？"村主任参加乡里的调度会回来，和村头正消毒的二黑打着招呼。

"啊，是主任开会回来啦，咱村消毒水足着呢！镇政府刚给配置的生石灰、优乳、84消毒液、弥雾机，已经免费发放给各户村民了，已经安排让他们每天必须按时进行全面消毒、灭菌。"二黑答道。

这二黑和村里几个年轻人每天主要负责早晚在村子的角角落落各喷洒一遍消毒水，还要对得病的娃娃家用石灰水消毒，村主任心里明白这是个不轻松的活儿。

走进村卫生室，村主任关切地问村医："体温测量啥情况？体温计都发到户了吗？"

村医回答："在要求对各儿童户配备体温计的基础上，我每天都指导儿童家长一天两次对孩子进行晨检、午检，并随时做好了详细记录，一旦发现有发烧等症状的孩子，我会立即报告并迅速送医院救治。出院患儿及其家庭，都发放了一张明白纸，并由我负责监督，消毒隔离一周时间，放心吧，出不了差错。"

这时，妇联主任跑过来向村主任汇报，说："督查组刚才来过了，分别到了有七岁以下孩子的村民家里进行督促检查，还不停地夸咱村消毒及时，隔离严格，宣传到位呢？嘿嘿。"

"好，一定要严防死守，不能有丝毫麻痹大意！"

"是啊，都是自己村里的娃，能不上心动真吗？"

"那好，咱立马就召集开个会，安排清除'四堆'（柴堆、土堆、垃圾堆、粪堆）问题，要彻底消除脏、乱、差。同时，一定要控制好七岁以下的儿童外出和看护幼儿的家长带着孩子串门，以防相互感染。"

"好，我这就去下通知。"村妇联主任撂下话，一路小跑来到村委会办公室，迅速拧开大喇叭的扩音器……

当天村委会召开的一刻钟不到的短会一结束，村里轰轰烈烈的清除"四堆"活动有效展开了。按照划片分工，全村所有有劳动能力的村民全部出动参加大清除活动。一时间，人声鼎沸，热火朝天。村里的污水池、垃圾坑边，村民家中的厕所、猪圈、羊圈里，都喷洒上了消毒液和石灰粉，要求主街道、背街小巷、角角落落都要打扫得干干净净，不能留下一处死角。

"哎呀，不好了！俺孙女头疼、发高烧，这是得上'怪病'了。"

指挥干活的村主任先一愣，说："一听就知道是孩儿他二婶咋咋呼呼的喊叫声，大家别紧张，你们继续干，我得赶快叫村医。"

经村医认真仔细诊断，最后排除了手足口病疫情，二婶的孙女只是患了普通感冒，虚惊一场。从那天起，村医决定村里的孩子每天一次的体温测量增加为每天两次，以防万一，避免出现纰漏。

由于村里干群一条心，拧成了一股绳，形成了强大合力，"堵、防、查、管、促"多措并举，切断了病源传播途径，直到全市手足口病防治取得重大胜利，这个村没发生一例手足口病疫情。

当年十二月八日，市里隆重召开的手足口病防治工作表彰大会上，市委书记、市长几次点名表扬了这个受省重点表彰的模范村。

肉"摊"

　　肉摊，是游动的。在十里八乡的集市上扎摊，只卖猪肉。今冬的年集，生意特别火。

　　昨天，是阴历腊月二十八，买肉的乡亲在肉摊前排着长队，经营肉摊的老王，从早上生意开张，一直到下午五点多钟，都没停下手中亮闪闪的剁肉刀……

　　"哈哈……儿子，咱说出来，你娘会不会信？今天卖了十六头猪，平均二百多斤，足足三千斤猪肉啊！毛利一成多，能赚三千多块呀！……今冬这个年，生意咋恁好，割肉的排着队等……"老王一边用力剁着排骨，一边开心地和特意叫来年集帮忙的儿子说着话，漾满笑意的嘴巴，随着上下剁肉的刀有节奏地抖动着，冒出来甜蜜蜜的话，一飘一飘的前言不搭后语。

　　一旁帮忙切肉，称斤两还兼收钱的儿子，只顾咧着厚实的嘴笑，露出的两个洁白的大门牙格外坚实。听着父亲有点神乎忘形的话，边称肉边应着：

"嘿嘿……那……那还不是您是老摊，人实诚，差个三块两块的不收不说，还总是多给人家加点剔骨的碎肉！十里八乡左邻右舍的能不奔您来吗？"

"哼！你个傻小子要学着点。来咱摊割肉的不是沾亲带故，就是熟人，咱少赚点没啥，别亏了人家是不？"说话间剁好排骨，咣的一下放下刀，美美地接过钱。"走好啊！啥时馋了想吃肉，再来！"这时，老王总会高着嗓门喊一声，这一声喊出了许多亲近和温馨。

经营肉摊，是个苦累活，赚的是辛苦钱。每天下午四点，屠宰场开始宰杀出猪，老王便在三点半前就早早到了等猪，记号占肉。老王说等猪是一门学问，凡事要掂量。临近年关猪肉好卖，要根据天气情况和要赶得年集大小，决定要的猪的头数，判断不好的话就被动，要多了卖不出去，从集市带回家麻烦不说，放到第二天，猪肉的颜色不新鲜，难出手；要的少了不够买，赚不了多少钱搭工夫。

屠宰好的猪一条条摆出来，等了多时的肉摊摊主，便一哄而上，看好的猪就拉到一边，随手胡乱记下记号，就算是自己要买的猪了，别人不能再挑。挑好了猪，还要就地进行初步清理，清理是否有内脏残留物，还有机器作业没拔净的毛等。再要等一小时左右，直到猪冷却到当天寒冷般的温度。带着初步清理磅称好斤两的猪，顺利回到十几公里外的家，一般要晚上七八点的样子。

回到家里，简单吃点。又要挂起猪，逐个精细清理。然后用保鲜膜包裹整个猪身。这样卫生安全，第二天上市成色好，买主喜欢。

第二天凌晨四点早早起来，到集市上占位。农村的年集没多少规矩，谁去得早谁就占个中心的好位置。有时有的肉摊摊主早早去，支好摊位，胡乱裹床被子在身上，坐在车上来个回笼觉，迷迷瞪瞪到天亮。天一亮，有的主顾早早过来，就会直奔熟人的肉摊！

"一天卖上千斤的猪肉，是苦活，累活，脏活。政策好，咱挣的是辛苦钱呀！"新的一天，早早的农村集市上，老王燃上一支不错的香烟，重重地吸两口，轻轻地吐着悠然的烟圈。心情不差地老王，在寒冷冬天薄薄的晨辉里，耐心地等待生意开张！

缠访

　　"不打招呼，更不会提前预约的上访、缠访、闹访！"真是一个更比一个棘手。

　　"一哭二闹三上吊地缠着你，或者堵住了政府的大门！"换了谁能不上火揪心。

　　"经常会遇到拿捏不准，或棘手的问题，心里咋能不急！"巴不得赶紧处理。

　　小文双手抱着个热水杯，用杯口不停地上下蹭着干裂上火的嘴唇，右脚跟着地，脚尖"啪啪"有节奏地敲着地板，表情略显疲惫木然，悠悠地说："唉，接待上访不是个好差使，没有谁会乐意干，可总得有人干吧！"

　　"接访，整天面对形形色色的人，各种各样的矛盾纠纷，上访人肚子里有了苦水，不管你接不接受，一股脑儿泼向你，看你听不听！"

　　有时稍微走点神，难听激愤的话让你想怒也不敢言："不好好听，你耳朵里塞了驴毛啦！"

　　"上访的人心里憋着委屈，不管你听不听都向你诉；遇到缠访、闹访挨骂是小事，甚至会拍着桌子威胁你，千错万错都是你的错！唉，仿佛罪魁祸首就是你。"

小文说："这个活儿，想干好，没两把刷子，早早地一边待着喝茶去。"

"单位是窗口，接访树形象。打了不能还手，骂了不能还口。上访的不管处理过程多么周折，只关心自己的利益，稍有不如意就闹腾得吃饭时间吃不上饭，加糖水不甜，觉也睡不香。"像是受了莫大的委屈，小文一气喝光杯子里的水，又晃了晃杯子，把里面的茶叶倒进嘴里，慢慢地咀嚼一会儿咽到肚子里。

不知是泡过的茶涩，还是心有憋屈或忧伤，小文轻轻闭上的眼睛里流下几滴晶莹的泪花。

前几天二黑无理的缠访，小文还记忆犹新。

二黑是五件不干六件，村里人惹不起躲着走，玩嘴占便宜的主。无理占三分，人懒嘴馋，为人欠地道，耍滑又刁钻。

妻子没文化，腿有小残疾，自然管不了他。有时看他好吃懒做或有不端，管轻了挨顿骂，管重点就免不了一顿拳脚相加。

时间久了，妻子说："这样的男人，就当他是一头驴，任由其到处'哇哇'踢蹦乱叫，懒得过问，也确实问不了。"

二黑读高中的儿子，也因他整天吊儿郎当的到处游逛胡混，荒了肥沃的责任田，屋子漏雨不管不问不去修，多次劝说不理伤了心，很少理会他。

前段时间，二黑患病多年的姐姐在医院治疗不幸离世后，平日里很少过问上心的他好像变了人似的，跑前跑后很是上心。

二黑说："人死在医院，医院跑不了，肯定有责任！"

不听姐夫的好言劝解，硬是复印了病例去上访。

"经过调取病例，组织专家综合分析并非医疗事故。再说界定医疗事故，要走医疗事故技术鉴定渠道，不是哪个人说是事故就是事故！"医院负责人耐心解释。

"走医疗事故技术鉴定程序的鉴定费医院出，依据鉴定结果，分清责任，该赔偿多少赔多少！不是你狮子大开口想要多少是多少。"医院负责的同志善意相劝。

"医疗事故鉴定，专家还不都是从全市医院抽的人吗？咋能公平！"

二黑撂下一句话："不鉴定，钱上说事！"

"既然不愿和医院之间自行调解，又不走鉴定的路子，那还有医疗纠纷第三方调解机构，愿意走这个路子不？"

"不走调解渠道，那都是糊弄人的，痛快一点，给钱不？"

"医院没有责任，凭啥赔你钱！"

"哼哼，不给钱，老子不和你谈！我要上访。"一句话不投机，二黑摔门而出上访到主管机关。

"我是来上访的，我要告医院草菅人命，这个事谁管？谁管！"

机关办公室负责接访的小文正在看文件，看到推门进来咋咋呼呼的二黑，迅速起身离座招呼着："同志，您反映啥问题？先别急，坐下来慢慢说。"

"哼，都出人命了，能不急！"

"事情已经发生了，急也不是解决问题的办法呀！您先冷静一下，我会认真听您诉说好吗？"小文镇静地请他到沙发上坐，倒了杯茶水端给他。

二黑梗着脖子，故意放大了声音："嗨嗨，别整这套没用的啊！赶紧说事，你不急我急，惹急我，告你个行政不作为！叫你吃不了兜着走。"

"呀，你这个同志，情况还没了解清楚，咋就不作为了！"

"那好，现在我就说给你听，你可要明断是非啊！今天要是不给个说法，咱走着瞧！"

二黑一心钻到钱眼里，说着和在医院几乎相同的话："人死医院就是事故！不调解，不鉴定，钱上说事！痛快一点，给钱不？处理不好我要上访，市里不行到省里，省里不行到中央……"

听完二黑叙述，小文打电话叫来医院负责医疗纠纷的人。

医院负责的同志和二黑各说各的理，二黑简直就是胡搅蛮缠。

两个小时过去了，看事情没有一点进展，小文说："这个事儿你们已经反复沟通多次了，走法律程序是最好最公平的途径，只要结果出来，谁有责任谁来负，该赔偿的钱分文不会差。"

"你别胡扯淡，我耗不起，更打不赢，官官相护我知道。嘿嘿，我不上这个当！"

"那你说当地鉴定不公平，我们委托外地的医学会鉴定行不行？"

"不行就是不行，看来市里难解决，明天就去省城上访！"二黑是好言不听滴水不进，只要不是提到钱，任何劝解的话都动不了他的心。

市里调解不满意，二黑第二天就去了省城。

不听劝解，一意孤行，在省城碰了壁。下午下班的点儿，二黑再次到办公室找小文。

二黑条件还是老一套，赖在办公室不出门。

眼看到了吃饭的点儿，小文就自己掏钱去饭馆请他吃饭，二黑屁颠屁颠地跟在后面。喝了酒，吃了饭，临走还要了一盒烟，摸摸兜说回不了家，没带钱。

小文掏出五十元钱，二黑感谢的话没一句，点上烟吐着烟圈才离开。

在以后的半个月里，二黑至少来过十次。

满足不了无理的要求，后来二黑就把小文的手机号进行了特殊设置，手机间隔一会儿就会响，接听就没音，严重扰乱了小文的正常工作和生活。

后来通过当地乡政府找到他，除了耐心解释，好言劝慰。小文还根据二黑的情况，与医院商议的方案，以最大限度地照顾慰问的方式，给他带去两千元钱。

"别再瞎胡折腾了，荒了地，屋漏雨，媳妇不管，儿不搭理，人生路还长，糊糊弄弄不讲理，会被人家瞧不起！"

看着二黑心有所动，小文继续说："孩子读书上高三，正需要你关心多鼓励！嫂子腿不好还要指靠你。虽说上访你的行为有点差，可我今天不怪你，啥事都要懂得讲个理。送你一支钢笔、一个本，还有这个行李箱，都是我自己买的，就当是你送给儿子的，好好表现一下缓和父子关系。你还不老有力气，安心过日子，一家和和睦睦多好的事，靠啥都不如靠自己……"

一月后，小文回访二黑村里的村干部。

村干部说："哎呀，还真怪了！您给他使得啥猛药，真不敢相信二黑这样的人能变好！漏雨的房子十天前就修好了，刚才还看见他拿着锄地的工具，陪着媳妇一起下地干活儿了！"

唬酒

二十多年前大学毕业后，留在县城刚参加工作那会儿，过着"一人吃饱全家不饿"的单身生活。为便于工作，我在靠单位附近的村庄，以三十元一个月的租金租下一间不足十平方米的小房子，平时，一日三餐凑合过。

那会儿工资低，一个月才二百多一点。不过单位的一些科室经常有加班的活，既然加班自然是过了下班的点，这时科室的负责人就会安排去吃加班饭。那时，一周蹭上两三顿好点的饭，基本不会再少，足可聊以自慰我那青春激昂的肠胃。其实，那时的加班饭很简单，也就是到羊肉汤馆或街头地摊馄饨馆啥的小地方，人少时就点上四个小菜，人多了根据情况再相应添加几个。特别是晚上，逢吃加班饭，酒是少不了的。一般到了吃饭的地方，负责人会习惯性地问："大伙加班挺辛苦，还喝点不？解解乏。"

"嘿嘿，谢谢领导，喝点呗。"

"好，陪你们喝点，喝啥酒？"

"啥都行，随便！您说了算。"

"那还喝上次喝的那个酒行不？"

"行。那个酒真好啊！"

"嗯，一般一般，才几块钱一瓶，就凑合着喝吧，今儿个管足管够，敞开了肚皮喝。不过，喝多了都老老实实地回家睡觉，谁也不许给我惹是生非，闹笑话。"

"哎，您就放心吧。这个酒喝多了不上头，上了头不晕，晕了不骂人，骂人也不会骂自己，是不？哈哈。"

因为经常加班是常客，老板会心地笑笑，提高嗓门冲老板娘喊："光腚瓶沱牌酒先上二斤，不透明的酒壶、酒盅伺候着。"

老板娘也扯高了嗓子朗声应和着："好嘞，稍等，酒菜马上到。"

老家喝酒有个不成文的规矩，上两个菜能喝酒，三个菜是不能喝酒的。说是三个菜叫"杀头菜"，犯人行刑前，都会给他们上三个菜一壶酒，意思是吃饱喝足好上路。所以上了两个菜后，不等第三个菜上来，大伙就举杯相庆，正式开喝了。

那时喝酒规矩多，常规项目是唬酒。起初一头雾水不明白，后来试过才清楚。

唬酒，就是用一个不透明的小酒壶和一种能盛装半两左右的小酒杯，根据情况定规矩，比如每人先喝三小杯，轮到谁，谁就自己拿酒瓶往不透明的酒壶里倒酒，然后再把酒壶的酒倒进小酒杯，如果恰好倒满三杯或多于三杯，喝完就算过关；如果倒入酒壶的酒，再倒入小酒杯中不足三杯，那不但要把倒出的这不足的三杯酒喝了，还要推倒重来继续倒酒，直到顺利通过才算过关。

第一次，阅历浅，经验不足，我们几个刚参加工作的毛头小子，个个喝得稀里哗啦中了招，没有一个不醉的。那次，也是我平生第一次醉酒，领教了唬酒的厉害，好在第二天是周末，并没有耽搁工作，如今忆起，还唏嘘不止，感慨万千。

在我调离县城到省城工作前一年，有朋自远方来，喝到兴致起，我问：

"可曾唬过酒？"

朋友问："如何唬酒？"

我便如实相告，还特意一五一十详细交代了唬酒的全过程。我笑嘻嘻问："可有兴趣？"

朋友正值大好年华，酒量亦不差，自然不服气，撸起袖子，大声嚷着要唬酒。于是，同来的三五知己，非要换了酒壶，重打锣鼓另开戏。

我只好率先示范，如法炮制学来的唬酒方法。不巧，入壶的酒只差了那么一点点不足三满杯。大伙几番比量，不依不饶，我只好硬着头皮喝下那不足三杯酒，重新把壶倒酒。一旁的朋友静观其变，忍俊不禁。好在第二次倒酒顺利通过。接下来，按顺序就轮到了远方来的朋友。

见他跃跃欲试，急慌慌抓壶倒酒，眼睛一眨不眨瞅着不透明的酒壶，倒酒的速度是先急后缓，时倒时晃酒壶的样子，我笑着说："你这节奏恐怕是要么不足，要么超量，是最难拿捏的倒法，怎么样，一次过关，把握多大？哈哈。"

"嗯，应该差不多了？不行，应该再倒些为好。"朋友犹豫不决，一副认真的样子。

"嗨，你就不会多倒些，以免重倒二次，还要多喝酒。嘿嘿，壶在你手中，别人当不了家。"

朋友嘿嘿笑着说："我看这倒酒要凭感觉，也算是个技术活，可要拿捏准了，亦多不宜少，才是上策，对不？哈哈。"

那天，谈笑间，一坛陈年老酒，我们直喝到夕阳西下，迟迟不归。

又到年底了，各种聚会很多。我突然想起这位老朋友，电话里问他："还喝酒吗？"

电话那边传来熟悉的声音："哈哈，三年前就戒酒改喝茶了。那些年一群人公酒私酒喝得是天昏地暗，狂欢过后，深夜独自回家，徒生了空虚，满足了胃，得不偿失啊！哎，对了，你老家那边还时兴唬酒吗？"

我如实说道："这……嘿嘿，离家十几个年头了，听说老友故知还偶尔比画比画，年轻人嘛，不兴这个……"

大篷车

天安门前，爹说："咱这一辈子算是值喽！"

北京故宫，娘说："皇帝老儿真奢侈腐败！"

郑潇拉着自己制造的人力大篷车，载着老爹老娘，栉风沐雨，跋山涉水，一路上前行……

历时一百二十六天，途经几十个城市，最后到达祖国的心脏——首都北京。儿子郑潇拉着大篷车，不知磨烂了几双鞋，脚上磨出了多少个血泡，身上掉了六斤肉。坐车赏风景的爹娘一路乐呵呵心旷神怡，心情舒畅，胃口也好，爹长了十多斤肉；娘红光满面，身体健朗。

……

去年年初，爹问儿子："儿啊，爹这辈子有个心愿，就是想带你娘一起去亲眼看看咱祖国的大好河山，能成不？"

郑潇嘿嘿一乐，说："爹，现在咱生活条件好了，儿子陪您二老去，说说是坐火车，还是乘飞机？"

爹摆摆手，叹口气说："你爹我晕车啊！这明年爹就是八十岁的人了，看来这个梦想只能成为遗憾，带到阴曹地府去喽！呵呵。"

"呀，爹晕车啊，这可咋办？"郑潇想，爹娘一生务农，历经千辛万苦拉扯自己长大成人，没出过远门啊。如今日子好过了，梦想着亲眼看看祖国的大好河山，这是好事呀。爹从小就教育自己，生而为人，以孝立身；娘常跟俺讲乌鸦反哺、羊羔跪乳、二十四孝图等故事。自己在爹娘的言传身教下学会了如何担当和感恩，虽然自己没啥大本事，不能给爹娘一世荣华富贵，可我一定要尽全力，圆了爹的这个梦想。不是说"只要思想不滑坡，办法总比困难多"吗？嗯，一定会有办法。

动了心思，郑潇放下手里的一切活计，用了足足半个月时间，亲手打造了一辆人力大篷车。车打造好后，他扶爹娘坐上车一试，乐得老两口合不拢嘴，摸摸这儿，瞅瞅那儿，大半天不舍得下车。

爹说："好好，舒适着呢。"

娘说："嗯嗯，儿真孝顺！"

万事俱备，郑潇买来地图细心研究一番，决定明儿个就出发，徒步拉车，载着爹娘去看河山喽。

"爹娘，您都坐好了，咱们出发喽！哈哈……"

七月十六日，带足盘缠，放了挂喜庆的鞭炮，从老家出发，郑潇徒步拉着大篷车，带着七十九岁的爹和七十七岁的娘，去圆梦……

抠门的清单

那次相亲，妞妞遭遇了一位很奇葩、特抠门的男生，恋爱不成，她收到一份微信转来的恋爱消费清单，至今想起来，还冷汗涔涔，唏嘘不止。

从十八岁那年考上大学，还没走进大学门，母亲就一再叮嘱妞妞："早恋不好，把握不好会害人害己，到了学校一定要把全部心思放在学习上，毕业有了稳定的工作，再谈恋爱也不迟，你要是不听妈的话，在学校胡谈八谈，弄出些难看的风言风语来，看我和你爸爸能饶了你……"

"嗨，这还没进大学门，您操的哪门子心！好了好了，妈，我知道了，您就放心吧！"不愿再听妈妈唠叨，妞妞说着话回了自己的房间里。

大学四年，妞妞牢记妈妈的话，没有越"雷池"，也没触"高压"。可这刚一毕业回到家，没料到妈妈的心思比"孩儿脸"变得还快，快得让妞妞措手不及。

妞妞刚毕业一个月，还没找到合适的工作前，妈妈就旁敲侧击，试探着问："啥时处男朋友啊，看看转眼就二十三周岁，该谈了，再不上心，恐怕要晚了。"自那天起，妈妈就发动亲朋好友开始给妞妞张罗着介绍男朋友。

一个月不到，相了四次亲，依然无果。"唉，妞妞呀，我看这差不多就行了，那个公务员不就是个子矮点吗？还有那个医生也不错嘛。"生怕女儿嫁不出去，妞妞的妈妈絮叨不止，耐心开导。

提起相亲的事，妞妞一肚子苦水。她不管妈妈怎么数落，心中始终有个相亲处对象的底线。她认为相亲谈恋爱就是你看上了我，我也相中了你才行，这是人生大事，冷暖自知，不能瞎凑合。

见妞妞屡屡相亲不成，女儿的婚事成了娘心里的痛。

几天后，妞妞去单位找她妈妈有事，和妈妈一块儿下楼时，恰巧遇上了妈妈的上司——公司副经理赵大可。"哎呀，这几年不见，妞妞出落成有出息的大姑娘了。还没处对象吧，要不我给你家姑娘介绍一个条件好的怎么样？"赵大可热情有加，说着暖心的话。

"嗨，那感情好啊！你赵经理亲自出马做红娘，介绍的肯定不会差，拜托赵经理啦！"妞妞妈不顾女儿的感受，喜出望外应着赵大可递过来的话。

"行，我就当回红娘，给孩子们牵牵线，这要是能成了，还能吃上大鲤鱼，多好的事啊！哈哈。"

妞妞的妈妈问："谁家的孩子？啥工作？能尽快安排相亲不？"

赵大可笑笑说："放心吧，我介绍的这孩子去年刚参加工作，在一家大公司财务科上班，是个管'钱'的会计，我同学的孩子，错不了，哈哈。至于他的家庭啥的嘛，回来我详细说给你听，行不？"

听说介绍的男孩叫王君，单位不错，是个财务人员，妞妞的妈妈很满意，当场喜笑颜开许下话："好，我等你和男方家里沟通好了，回来给回个话。对了，俺家妞妞大学本科刚毕业，一米七身高还露头，这长相你也见了，不能说万里挑一，可这千里挑一还是绰绰有余的吧。至于工作吗？已经有眉目，很快落实好就能上班了。哈哈。"

"嗯，是是是，闺女条件确实不错，至于这工作吗？好说，好说……"赵大可点头应着，嘴里吐着让人捉摸不透的含糊的话。

两天后，赵大可催促妞妞妈，说是下午三点让妞妞去见面。

不知啥情况？见就见吧！妞妞按时到了见面地点。初次见面后，两人感觉还不错，于是互留了电话和微信，相约继续交往再相见。

相处三个月，见了几次面，妞妞觉得她和王君之间，越来越找不到恋爱的感觉。妞妞想人这一辈子短短几十年，不能凑合着过，既然不合适，就要快刀斩乱麻，于是再次相约，妞妞主动提出了分手。

接下来的几天，任凭王君天天执着送花献殷勤，也没挽回妞妞。

起初，妞妞还天真地想，能成为恋人白头偕老是两人的幸福，不能相恋分手后，至少还有朋友情意在，并没有急着删除王君的微信和电话。

谁料，最后一次送花被拒绝的当晚七点钟左右，"叮铃"一条微信。妞妞打开一看，是王君发来的，微信里有一段话和一份恋爱期间所有消费的详细账单。

一段话很直白："既然你执意要分手，我不再怨天尤人，要分就分清，省得惹麻烦。我和你一起时花费的每一分钱，我心里清清楚楚，记录得详详细细。请你认真仔细回想核实后，最多不超过三天时间，一分不少地发给我，只有这样，我们才能真正做到'两清'，否则，我不会说'再见'！"

恋爱消费清单很详细："一、第一次见面时那顿饭，是我请的客，共消费人民币二百五十元，除去我该承担的一百二十五元，剩下的一半你来还。二、一起看过两场电影都是我掏的钱，电影票一张六十元，你应该还我一百二十元。我送你的礼物打折后六百六十元，你送我的礼物明码标价四百二十元，相互折除后，你必须支付我差价二百二十元。三、那次你亲戚生病，我跟你去医院探望买礼品花费三百元整，这个你也必须还。还有相互间发过的微信红包，大都是你发的少，我发的多，我细细把账算，我多发你的红包一百六十六块三毛八分钱，也要一分不少转到我的微信上；还有看电影喝的饮料、吃的爆米花、我出发时给你的小礼物等等，就算是看错了人，我宅心仁厚不再折合成钱。对了，最后几天买的鲜花，虽然你没接受，可花的却是我的钱……"

"呀呀，够了，够了，我统统还给你！"妞妞再也看不下去了，心跳加快，头发懵，"啊啊"大叫几声，惊出妈妈一身冷汗。

"呀，看看你，这出啥事了？"

"哼，出了啥事？你自己看看！"

"哎呀，这没出息龌龊的抠门男，咋办？"

"能咋办？妈，您快跟说亲的赵大可联系上。恶心死我了，不能过今夜，必须尽快当面去还钱！"

半小时后，去找王君还钱的路上，赵大可气呼呼地前面走，妞妞和妈妈紧紧跟随其后……

寻找恩人

　　一家三口人康复出院后，谢恩一门心思寻找恩人。

　　谢恩夫妇来当地寻找恩人，已经三天了，他见人就打听，逢人便询问。他说："那天，如果不是恩人纵身一跃，一家三口哪能活到现在，恐怕早已灭门，成了荒郊野魂。因为恩人的大爱与担当，我们一家的生命才得以延续。"

　　三天前，谢恩就已经通过当地媒体广播、电视发布了找恩人的寻人启事。可，至今还没有一点音讯。"恩人是谁？你在哪里？是不愿相见？还是……"谢恩夫妇在路边店草草吃了碗面条，继续寻找恩人的行程。

　　其实，谢恩夫妇寻找的恩人郑义，并不知道他们正在寻找自己，救人后的第二天一大早，他就出发外地送货去了。郑义正值壮年，心地善良，为人厚道，近年来一直给别人打工跑运输，是一个小货车司机。此刻，他正在回家的路上，小心翼翼开着车。"唉，那天救的一家三口人应该平安回家了吧，要不是急着送货，咋也该陪他们一起去医院！"那天惊险的一幕，像电影一样浮现在他眼前……

"……说走咱就走哇，你有我有全都有哇……路见不平一声吼哇……该出手时就出手哇……"那天上午，气温零下十几度，天寒地冻，道路湿滑，他自娱自乐哼着小曲，小心翼翼开着车。

突然，他发现前方百米左右的桥头附近，一辆挂着省城车牌号的银灰色小轿车，时速并不快，可能是路面结冰车打滑，快速偏离公路，眨眼间，坠入冰冷的河中。

"呀，如不及时施救，凶多吉少啊！"加速开到出事地点，紧急刹车，郑义果断拨打了"120""110"电话报警。接着，没有丝毫犹豫，冲到河边，纵身一跃，跳入冰冷的水中。

河中厚厚的冰层透着刺骨的寒冷。"车门打不开，怎么办？""哐哐哐"他疯了般，拼命似的挥舞着拳头奋力砸门，胳膊肿了，手流了血，车门硬是没砸开！救人要紧，拳头不行，他开始用脚踹……

车门开了，哪里还顾得上寒冷和钻心的伤痛，一个……两个……三个……来来回回一个多小时，他竭尽全力，救出了一家大小三口人。郑义体力透支，一屁股坐在地上，全身因寒冷抖得如筛糠，大口喘着牛样的粗气。

见有群众陆续赶来，他跌跌撞撞爬上自己开的货车，拿下来自己开车御寒的一床棉被，交给一位年轻小伙，说："你费心帮帮他们，我实在是没力气了！"

郑义救出一家三口人，见"120"救护车呼啸而来，他没留下任何联系方式，默默离开了现场。出发外地三天后，郑义回来看到媒体的寻人启事，他不再沉默，按照媒体上谢恩提供的手机号码，发了一条信息："知道你们一家平安，是对我最好的回报！见危不救，良心过不去，请不要再寻找……"

接着"诌"

尧州市一家上市公司有两个"国宝"级人物，皆为人善良，诙谐幽默，疾恶如仇。一位名叫张浩文，另一位称呼李喜诗。两人平日里多交流，常走动，更多的共同点是两个人都有点小喜好——善拽文、喜胡诌。

上个周末，两人在繁华的步行街巧遇。

那天，张浩文漫无目的行走在步行街上，他东瞧瞧西望望，突然看见前面不远处有一个熟悉的身影，是李喜诗吗？他紧跟几步撵上去，拍了下李喜诗的肩膀，喊出话："嗨，老弟今儿个不忙啊！陪谁来逛街，还是家里憋得慌，出来走走？"

大街上，人来人往、熙熙攘攘，冷不丁地被人拍肩膀，还以为遇上了手长的"贼"，李喜诗全身毛孔炸开，心一惊！嗯，入耳的声音咋恁熟？他转过身，见是张浩文，哈哈一乐，伸出右手搭在他的肩膀上，说："哎呀，老哥，还以为惹贼上身了，哪里想到会遇上你？这不，你弟妹回娘家了。这周末闲来无事，一个人在家憋得慌，索性出来逛逛街，溜达溜达。老哥，你这是？"

"走，这乱嚷嚷的！"张浩文拉着李喜诗找了个宽敞地停下来，他急慌慌掏出香烟一人一支燃上，"喷云吐雾"间，张浩文说："唉，一会儿到饭点儿你嫂子就去喝单位职工的喜酒。我一个人呀，就是出来走走，到了饭点儿，随便'整两口'，哈哈，遇到老弟高兴啊！"

"哎呀呀，巧得很，老婆不在家，同是天涯沦落人。嘿嘿，今天巧遇一块儿都没事，要不咱兄弟俩找个僻静的餐馆，去整点儿？"李喜诗有点兴奋，笑嘻嘻征求着张浩文意见。

"嗨，咋就想到一块儿了！没问题，我看行，整点儿就整点儿！"一拍即合，张浩文心生欢喜。

往前走不远拐进一个沿街的胡同，两人前后脚进了一家特色小餐馆，按照老习惯点了四菜一汤，外加一瓶老酒。说笑间，菜上齐，打开那瓶醇香老酒……

张浩文"呲溜"一口小酒下肚，咂咂嘴，意犹未尽，摇晃着脑袋，竖起大拇指："嗨，好，好酒啊！"

李喜诗夹起一筷子喜欢吃的木须肉，塞进嘴巴里，细嚼慢咽后，频频点着头，说："嗯，地道的老味！"

酒过三巡，看看瓶里的酒，张浩文动了心思，拿筷子轻敲餐桌，问："老弟，今儿个这酒怎么喝？"

摸出一支香烟，李喜诗心领神会，笑答："哥为大，出个题目呗，你说咋喝就咋喝，弟听哥的。"

李喜诗的话正中下怀，张浩文心生欢喜，他干咳两声，慢条斯理地说："那好，今天咱哥俩开心一乐，'诌诌'咱公司熟悉的人，我说上句，你对下句，最后看看咱'诌'的是不是同一个人。"

"哈哈，行。可咋诌？咱也得立个规矩，是不？"

"嗯，老弟你看这样行不？咱哥俩诌的话，点到为止，你我都明白了这个人是谁，咱兄弟就心照不宣，高呼一声碰个杯！行不行？"

"妙！明白了。那，哥先说。"

"好，那就不客气了。哥先开口，弟听着！"

端起酒杯，抿一口，抹抹嘴。张浩文成竹于胸乐陶陶，"啪啪啪"有节奏地脚踏地板，开始出上句："胡诌文一篇，网上来上传；装形大文豪，谁都不入眼。"

掐灭烟，略一沉思，李喜诗摇头晃脑动了嘴："摆副臭脸谱，鬼话废连篇；评人多不屑，唯其独尊贤。"

张浩文："自喻孔圣人，到处招人嫌；出书三五本，一年没送完。"

李喜诗："签名送我书三本，你诌这人不一般，哼！骨子里——贱！"

"哈哈，整明白了他是谁。"

"嘿嘿，整明白了他是谁。"

"砰。"轻碰杯，两人乐呵呵，一饮而尽。

……

张浩文耸耸肩，侧身压低声音说："既然都整明白了他是谁，那咱再换个人，这次弟先说，哥后跟，行不行？"

李喜诗没谦让，利索顺溜开了口："遇见小人为升迁，丑化对方耍手腕；无中生有善造谣，歪曲事实惹祸端。"

张浩文麻溜应对诌起来："喜用挑拨离间计，唯恐天下不大乱；鹬蚌相争其静观，渔翁得利喜自沾。"

李喜诗："撇清责任动心思，扮演角色和事佬；阿谀奉承受宠爱，溜须拍马嘴巴甜。"

张浩文："上司赏识晕陶陶，伺机常打小报告；阳奉阴违喜邀功，表里不一设圈套。"

李喜诗："见风转舵墙头草，嗅觉灵敏抱粗腰；踩别人肩往上蹿，落井下石补一脚。"

张浩文："一言不合把脸翻，事后诸葛表一番；幸灾乐祸风凉话，昧着良心掰扯欢。"

李喜诗："幸灾乐祸风凉话，昧着良心说瞎话；有了过错不认账，找个旁人背黑锅。"

张浩文："刻薄寡情德缺失，唯利是图善损人；口蜜腹剑亲如友，吃不完来兜着走。"

"呀！你诌的是他？"

"嗯，真猜出来了？"

"唉！我不久前还吃过他的亏，说说以后咋应对？"

李喜诗端起茶水润润嗓子，凑近张浩文，小声耳语："说话谨慎是上策，抛弃利益和瓜葛；吃些小亏也无妨，千万不要讨公道。"

微醺的张浩文点头如小鸡啄米般，竖起大拇指开夸赞："老弟高见，说的是。自古君子坦荡荡，奸佞小人长戚戚；忍一时风平浪静，退一步海阔天空。"

李喜诗点头默许，抬眼望四周，轻语："深藏不露小人多，稍不谨慎亏吃多；敬而远之留距离，远离小人少是非！"

"哈哈，两位老弟，看看，你们俩这小酒喝得好开心嘛。这一来一往一唱一和，瞎胡诌啥开心事？"

闻声抬眼看，两人不由倒吸一口凉气，都说这尧州地斜（邪），看来是一点不假，说谁谁就到！刚刚还念叨的公司的人事部主任，不知啥时候，醉醺醺的一脸坏笑，站在了他们的酒桌前。

张浩文哂笑一声，端上酒杯站起来："啊呀，是老哥，贵人啊！您啥时过来的？咋也不提前招呼一声，我们也没诌啥事，这不闲来无事，高兴诌故事，开心吗？来，兄弟我敬您一杯。"

"嗯嗯，没事诌故事，开心是福，高兴就好。哈哈，干了，干了。"

见公司人事部门的主任一仰脖，酒杯见了底，李喜诗不露声色凑近了，他给主任倒满酒，小心翼翼地端起来，说："今天算是遇上贵人了，缘分啊！这以后遇上点啥人事，还说不定要仰仗您多多照应。我给您倒的这个酒美其名曰'酒满心诚'，您给我个薄面，一定要喝！"

"嗯嗯，喝，一定喝。"满杯酒倒进嘴里，主任一脸痛苦表情。

"还喝不？"心有灵犀，李喜诗和张浩文异口同声。

"喝，必须的！"主任脚步踉跄，舌尖微卷，口里吐出的话，轻飘飘、邪乎乎："哎哎，接着诌，开心不？哈哈，故事里的事，说不是就不是，是也不是……"

手心的秘密

　　窗外天空，阳光灿烂，白云飘；窗内考场，紧张有序，静悄悄。

　　今年的第二场专业技术职称考试开考刚进行了半小时，巡考的老师就从后门悄无声息地来到第一考场，副主考轻手轻脚巡考到三号考生身后时，突然停了下来。

　　三号考生是一位三十岁左右，皮肤白皙清秀，扎着马尾辫，穿着碎花长裙的女考生。她只顾左手攥着左侧裙摆渐渐上提，身体微微后倾，低头专心致志看着自己大腿上密密麻麻的文字，并不知道突如其来的"危机"。

　　"当当当"敲击课桌的声音并不大，却惊得她心一颤抖，迅速抖落提起的裙摆，抬头对望，是一张表情严肃冷峻的脸。

　　"我……这……"惊慌错乱中，支支吾吾的尴尬里，她羞红了脸。她心想："哎呀！咋办？"她知道考试作弊意味着什么？怦怦加快的心跳，使她脸色煞白，身心局促不安。

"哎，小李，你过来一下。"怕影响了其他考生，副主考小声招呼来随从的一位年轻李姓女巡考员。

一番小声耳语，小李轻点头。

副主考随即退后了几步，小李示意三号女考生站起来。

小李弯腰刚准备掀起三号女考生的裙角寻找作弊的"证据"，女考生突然伸出手抓着巡考员小李，小声说："老师，我是……"

小李下意识地缩回手，起身轻声问："你刚才说什么？"

三号考生慢慢伸开左手，只见手心写着三个清晰的大红字"贾少平"。

"这？你认识？"小李满脸疑惑。

"嗯，他是我舅舅。"三号考生轻咬嘴唇，肯定地点点头。

这咋办？贾少平就是负责考试工作的主考官贾主任呀！"呃，你坐下继续考，我问问情况再说。"小李急匆匆叫上副主考出了考场的门。

"嗯？还有这等事，那手心的字可看清楚了？对了，要是重名呢？或者套近乎故意的呢？再说了，这考试作弊可是……"副主考不停搓着手，犹豫不决。

"唉！您是副主考，作弊也是您慧眼看到的，咋办？您决策，我照办。"小李想到考生手心里那三个通红的大字，猛的一个激灵，不假思索就把皮球踢给了副主考。

"哼！能咋办。谁没个熟人？没个人情？可能认识，也不一定认识。"副主考来回踱着步自言自语说："可，万一是真的呢？不行，为了慎重起见，我必须去请示一下贾主任。"

"胡闹！岂有此理。违反考场纪律，谁也不行。走，带我去看看。"贾主任不由分说，阴着脸来到考场。

紧紧跟在后面的副主考小声说："唉唉，慢点慢点，就算不是你亲外甥女，那说不定真是你沾亲带故的亲戚呢？"

"哼！终止她考试，按规定程序严肃处理。"

三号女考生被清出考场，副主考当着贾主任的面问："你舅来了，啥情况？说吧！"

她泪眼婆娑，悔恨交加，低头支吾："唉！他不是俺舅，这是考前辅导班老师给俺出的招……"

窗口

　　"喂，同志，你们窗口周末办公不？别到时让我瞎忙活儿，白跑一趟不见个人影。"小王想开个美发店，申请办理公共场所卫生许可证。因为是周末，低沉的天空还飘着零星小雨，他心里不踏实，犹豫再三，才下决心试着拨打了这个电话。

　　"嘿嘿，咋能不办事！你离这儿远不？上午能赶过来的话，我们会等着你，好不？"尧州市卫生行政审批窗口负责人郑为民耐心回着负责的话。他平日里见不见人脸上都漾着微笑，是一位脚下沾满泥土，心中沉淀浓浓真情，爱岗敬业的老党员。

　　"嗯嗯，行！办事就好！俺住郊区，不堵车的话，也就是一小时左右的路程。不说了不说了，俺这就去。对了，先谢谢你们啊。"小王匆匆挂了电话，急慌慌出了家门。

　　电话那边这一句感谢、暖心的话，让郑为民心里比吃了蜜还甜。他自豪地说，尧州市政务服务中心大厅是直接服务人民群众和申请人的重要平台，是全市的形象和窗口。咱这市卫生行政审批窗口更是以"为人民服务"为宗旨，以"在服务中许可，在把关中服务"为理念，以"当人民满意的公仆"为抓手，砥砺前行，务实图强，紧牵"放管服"改革这一"牛鼻子"不放，窗口百分之九十六以上的审批环节做到了"一站式"办理，连续三年办结率达到百分之九十九以上，群众满意度得以提升。嗯，来之不易啊，群众心里有杆秤，特别是对待这周末前来办理审批事务的群众，更是来不得一丝一毫怠慢和粗心马虎。

大约一个小时后，那个自称为小王前来办证的同志又打来电话，气呼呼地说是半道堵车了，到窗口可能要晚点。问，能多等一会儿不？

"哦，天气不好，安全第一，不急不急，能等！"老郑电话里安慰着小王，生怕他着急出差错。

两个小时过去了，到了下班吃饭的点。周末和郑为民一起值班的另一名同事小李问："郑主任，你看其他单位窗口的同志都陆续回家吃饭了，这阴天下雨的，咱还等不？我看那打电话的人不一定靠谱！要不……"

"呀，还真到饭点啦。要不，咱再坚持一会儿，说不准咱前脚抬腿走了、他后脚就踏进了咱这门，见不到人，会凉了他的心，是不？再等等吧，等他来了办完事，我掏钱请你去喝羊肉汤、吃大饼，好不？哈哈。"郑为民看看表，乐呵呵回着小李的话。

平日里爱喝羊肉汤的小李，搞怪地吐吐舌头、摸摸嘴巴笑了。行，一切服从命令听指挥。不过，不管那小王来不来，一定要请！嘴里说着话，小李还特意走过来，非要和老郑拉钩。

"哎呀呀，让你们久等了，今天你们办事，我请客。"都说这"尧州地斜（邪）说来就来"，这不郑为民和小李正伸出指头准备拉钩时，申请办证的小王就说着飘乎乎的客套话，快步来到了市卫生行政审批窗口。

"哈哈，真巧，正说着你的事，就盼来了。我们互不请，先看你的申请材料吧。"郑为民乐呵呵招呼着小王坐下，接过材料递给等待的小李初步审核。

"呀，郑主任，这小王同志递交的材料缺项，不齐全的申请材料不能受理啊。"小李一脸无奈，低声问老郑。

"啊，这……缺啥？"

"呃，其他填写不完整、能现场完善的缺项，我都认真仔细地逐条给完整了。可，还缺少整体布局的平面图啊！"

唉！这个还真不能少。如果让他回去补，这来回耽搁时间不说，根据以往的经验他自己不一定能画出规范的平面图，还得去找人、找地方制作，这一折腾，恐怕今天就办不成啊！

"唉唉，办个证咋还这么麻烦，怎么办？反正让我再来回跑两趟，坚决不干！"一旁的小王跺跺脚，满脸气呼呼，嘴里吐出的话透着焦躁、不耐烦。

"这，王同志，你先别太着急，能详细说说你准备办的美发店面积大小和房屋设计的大致概况吗？"老郑和颜悦色提示小王。

"嗨，那还不简单嘛！自己家建的房，哪能不知道结构、大小。可，光说没图管用不……"

郑为民不温不火地打开电脑，与对面的小王说，你尽可能地描述，越详细越好。谁知，直到小王麻溜地说完情况，郑为民只是熟练地操作电脑鼠标，头没抬一下，一言都没发。

唉！来办事的小王心想，我这详细嘟囔了大半天，他却不肯吱一声，只顾自己玩电脑，鬼知道是否入心入耳了！这是啥态度？哑巴啦，咋这样对待来办事的老百姓？哼，还说"全心全意为人民服务"为宗旨呢，这是典型的瞎糊弄、不作为啊！小王心生气愤、忍无可忍，大声问："姓郑的你玩够了没有？我磨破嘴皮子说的话，你听进心里有几句！"

"嗯，稍等。"

啥？等！我这心急如猫爪挠，你那一门心思玩电脑。哼！是你给我先设坎儿，别怪我翻脸耍无情。小王掏出兜里的手机，趁低头专注"玩"电脑的郑为民不注意，快速拍了照，拿起申报材料就准备朝外走。

"嗨嗨，已经好了，你这是想要去哪里？辛苦动动手，把你身后窗口处打印机正在打印的那张图拿过来。"小王停下刚要迈出的步子，回头转身间，眼前明净窗口处，打印机刚好吐出一张完整清晰的平面设计图……

"呀！你……这？"小王仅瞅了一眼拿在手里的图，瞬间羞愧难当、心灵震颤……

开心报童

　　退休前，老王是当地晚报社一名资深老编辑，与报纸结缘几十年，感情深厚。年初，老王退休在家，暑期陪孙子读书学习，爷孙相处，其乐融融。

　　那天，老王陪孙子看一部有关抗战的电视剧。"号外，号外，快看……"一个衣衫褴褛的报童沿街叫卖报纸，这是剧情里的一幕。

　　孙子问："爷爷，咱这城市的大街上咋没有卖报的报童？"

　　爷爷说："那个年代很多家庭的孩子食不果腹，为了生存不得已才做报童，挣些糊口的饭钱。嘿嘿，怎么了孙子，有想法？"

　　起初孙子摇头像拨浪鼓，过了一会又问："爷爷，要是现在去大街上卖报，会有人买吗？"

　　"会啊！肯定会。不过现在一些大街上设有报刊亭，不用风吹日晒到处游走卖报了。再说，这卖报也挣不了几个钱？现在生活条件好了，哪个家长会舍得让自己的孩子去街头卖报，是不？"

"爷爷，商量个事呗。"

"咋还和爷爷客气上了，啥事？说。"

"嗯，爷爷，你看我都十岁了，我想试试去街头卖报，成不？"

"呀，乖孙子，你这是想整哪一出？嗯，就算爷爷愿意，那你爸爸妈妈能同意？"

"哎呀，爷爷，您是老革命，困难留给您！都说'老将出马，一个顶俩'，说不定爷爷刚一提，爸妈就同意了呢，是不？哈哈。"

"嗯，爷爷就怕孙子夸。要不，不管你爸妈咋想，同不同意，咱秘密进行，这家爷爷当定了，好不？"

"啊，真的呀！爷爷太棒了，爷爷太棒了！"

"哈哈，'君子一言，快马一鞭'，爷爷这就联系。"老王翻出号码，当场拨通了晚报社发行部老李的电话。

"哎呦呦，是王总编呀，你这离开报社都半年多了，还真挺记挂你的。呵呵，明年就要轮到我了。对了，你有啥事？尽管安排。"

"嘿嘿，别说，还真有点事麻烦你呢。这不，暑期陪孙子，他突然给我提出要当什么报童，到大街上卖报纸。你看，明天能给我留二十张晚报不？我陪他到街上练练活。我想孙子这是一时兴起，大热天的，这一上午他能不能撑下来都难说。哈哈。"

"呀，你孙子还有这份心思，是个好事啊，这样的活动非常有意义，我必须全力支持！举双手赞成。对了，我这还有件印有'晚报'字样的红马甲，也给你孙子捎一个，穿上它也算是给咱晚报做宣传了。哈哈，明天一早，我让投递员给你捎过去，行不？"

"哎哎，千万不要送！孙子说了，要我带他去报社自己取，他要熟悉整个过程。还说，下个假期再卖报就不用我陪了，他自己要独立，当一个名副其实的报童呢！嘿嘿，你说我这孙子是不是瞎闹腾？"

第二天天没亮，孙子就早早起来叫醒爷爷，草草吃过早饭，爷爷骑着电动三轮车带着孙子，这一老一小一路说着闹着，去了晚报社……

"卖报，卖报，最新的晚报，快看今日头条，我市半月治理淘汰污染企业三千家……"孙子斜挎着装有二十份报纸的大布兜，兜里还装着爷爷昨天给他换好的一大把零钱，当起了沿街叫卖的报童。

"呀，这孩子真可爱，这电影里才能看到的报童，咱这大街上也有了？好事啊！来，给我一份。多少钱？"

"阿姨，一块钱一份，给您报纸，谢谢了。"

孙子不顾炎热，继续"卖报，卖报……"

嗯，没想到啊！孩子会这么大胆地与陌生人交流，没想到有这么多人支持孩子！看着出息的孙子，跟在孙子身后的爷爷，尽管已是大汗淋漓，心里喝了蜜水一样甜。

大约一个多小时的样子，二十份报纸很快告罄！孙子抹抹额头上细碎的汗珠，蹦跳着挽起爷爷的手问："爷爷，没想到大街上还有那么多叔叔阿姨喜欢看报，明天一早咱还来……"

爷爷陪孙子一连卖了十天的报纸，直到孙子提出快开学了，该加把劲写作业时，才结束了暑期卖报。

临开学前一天，孙子问："爷爷，您能借我十元钱不？"

爷爷好奇，问孙子："你不是卖报有钱了吗？咋还向爷爷借钱。"

孙子说："一天卖二十份报纸，共十天，应该是二百元钱。可，每次爷爷您都留一份给小区的那个保安爷爷，这是少了十份报纸、少卖了十元吧。想当报童卖报纸那天起，我都想好了要攒够二百元。"

"嗯，为啥？"

"嗯，秘密。"

"啥秘密？说出来爷爷给你补齐。"

"不能说，说出来就不是秘密了。"

"要不，只和爷爷一个人说，你不是说爷爷是个老革命吗？我们是同志，你应该充分相信自己的同志。爷爷和你拉钩，一定保守秘密不泄露，行不？"

"那，爷爷不许骗人，一定要严格为我的秘密保密。"

"一定，爷爷以一个老革命、老党员的身份向孙子同志保证，保证不泄密。"

"爷爷，我同学王豆豆的爸妈离婚了，他爸爸也外出打工去了，现在跟爷爷奶奶过，他爷爷是个残疾人，生活很困难。王豆豆平时可节俭了，文具不舍得买，都是跟我借半块橡皮，我想……"

"呀，孙子，好样的！你看这样好不？你告诉我王豆豆同学住哪或给我他家的电话，爷爷这就补齐孙子那两百元，好不好？"

"爷爷，王豆豆爷爷家没电话，住的老房子两个月前拆迁不知现在搬哪去了。不过，明天开学我一准问清告诉爷爷，行不？"

"行，孙子。"爷爷眼角潮湿地应着孙子的话。

接过递来的钱，孙子冲爷爷扮个鬼脸，乐得屁颠屁颠……

街"头"巷"尾"

今年盛夏时节，一场小雨飘过，雨过天晴之后，空中呈现一条绚丽的彩虹。县委文书记临时召集开了个短会后，带上相关部门负责的同志轻车简从，去了一个经济较落后的乡镇调研。在乡镇班子全体成员的陪同下，第一站去了王庄村。

村党支部书记王大力接到通知时，正赤脚在自家藕塘里寻思、转悠。听说县委文书记要来，他迅速洗脚穿好鞋子往村委会赶，并叫来了三名群众代表。

"这，县委书记亲自来咱村，在哪座谈？"一名群众代表问。

"嗯，还用说，肯定要在街头广场的'村民文化书屋'，那里条件好，有空调，还敞亮。"另一名群众代表抹抹额头豆大的汗珠，不假思索地说。

"唉！依我看，就该在咱这巷尾的村委会座谈。这村干部能待的地，他县委书记就不能待了吗？再说了，我刚从街头文化书屋赶过来，还有好几个人在那看书、查资料，难道这书记一来就要把他们撵走不成，这样在群众心中会产生啥影响？不能去街头文化书屋。"这位语出肺腑、话表心声的群众代表，是村里一位德高望重的老党员。

"嗯，咱村委会是没空调，屋里闷热会流汗。可，我听说这县委文书记经常深入基层、深入群众，脚上沾满泥土、心中装满百姓，解民生之忧、谋民生之利，把党的服务理念、惠民政策深入到最广大人民群众中去，这是用行动践行'坚决转变作风，塑造党性标杆'啊！我想，文书记肯定不会见怪，是不？"王大力正犹豫不决间，电话铃响了，是乡镇的王秘书打来的。

"啊，是王秘书呀，啥事？"

"嗯，乡镇李书记知道你们村委会办公室不宽敞、没空调，听说这文书记怕热，在那座谈不合适，会影响咱乡里的形象。记下了，座谈一定要安排在你们村民文化书屋。"

"是一定吗？"

"对，一定！"

这？挂了电话，王大力急急火火前面紧步走，三个代表后面紧随后。

稍微一踏油门，小车轱辘比人步子快多了。王大力他们赶到街头广场时，见文书记他们已经下车了。

王大力陪着文书记和乡镇的领导干部，现场介绍，围着广场转着圈。文书记还不时停下步子和来往的群众聊几句，然后走进村民文化书屋与那里的村民交流一番。最后，文书记连说着三个"好好好"！示意王大力引路要去村委会座谈。

村委会办公室实在装不下来调研的人，说是座谈，实际上是在村委会的小院里站着进行的。

"嗯，座谈开始吧，请王大力同志说说吧。"没有了以往烦琐的程序，文书记直接点题。

王大力倒也爽朗，没加推辞。他大声说："我王大力当了十几年村支书，力求不像某些志大才疏之士一样牛皮哄哄、空话连篇，也不像某些人只会人云亦云、看风使舵、投其所好，骨子里也不会哗众取宠，极少数情况下，也稍有困惑。一个村不到一千人口，巴掌大的地，什么消息都不隔夜、瞒不住。只要有一点不公正、不干净，群众就不答应。有副对联说得好'半碗清汤一把细面两三棵青菜心满意足，千杯浊酒几卷残花四五块豆腐自得其乐'，这几年我们村没有花过一分吃喝招待费，一切支出上墙公示；我们村干部一班人不图名、不为利，为群众出实招、求实效，让群众得到了实实在在的实惠。要是谁不信？请大家任意到村里走走、看看、问问。现在，我们村是全乡镇名副其实的街'头'巷'尾'。"

文书记问："全乡镇的街'头'何意？"

"哦，对了，可能文书记还不知道，我们村用作改造翻修村委会办公室的钱，挪用到建群众广场、村民文化书屋上面了，这是我们村委会集体研究决定的，我们三间平房做办公室足够了，把有限的钱用在刀刃上，最大限度为村民办好事、实事，大家意见一致。这事如果是做对了，我们开心；要是做错了，我担责。所以，目前我们村的'街头广场'是全乡镇最好的，被人戏称为街'头'。"

"那，谁最差？"文书记问。

"这？没调查。没发言权。"

文书记接着问："这巷'尾'又怎讲？"

"啊，这巷'尾'，不怕你们笑话，就是我们坐落在村子巷尾的村委会办公场所，是全乡镇最破烂、条件最差的，被人戏称为巷'尾'。"

文书记问："谁最好？"

王大力咧嘴笑笑，"嗯，反正不是俺村。"

哈哈，呵呵，嘿嘿，笑声一片，大家一起乐了……

夺命"鬼火"

摩托车体霓虹灯闪烁，稍加油门，震耳欲聋……

小明的这辆被俗称为"鬼火"的摩托车，尤在深夜很"拉风"，所经之处，行人躲避，呼啸而过，响彻夜空，大多数人不堪其扰，深恶痛绝。

这天夜间十一点，光明路上，刺耳的摩托车引擎声再次轰鸣！由于最近交警部门查得严，白天不敢出来，小明实在憋不住，约好时间，从他同学家里开出"鬼火"摩托车，偷偷出来"过把瘾"。

小明的这辆摩托车无牌无证，且是特意请人改装了排气筒，改成的"鬼火"摩托车，稍加油门就会发出巨大的轰鸣声，这种摩托车功率也不小，行驶起来速度快，安全隐患较大。

可这让人深恶痛绝的噪音源，在小明眼里，却是他在朋友圈炫耀、耍酷的"宝贝"。

更让人担忧的是，这种所谓的"鬼火"摩托车，对青少年学生有着不小的吸引力。交警部门以往查处的驾驶"鬼火"摩托车人员中，中学生占了一定的比例。

按照我国现行法律规定，无证驾驶没有合法手续的机动车，可处十五日以下行政拘留；如果追逐竞赛达到危险驾驶标准的，还可以追究刑责。

可这些是在校的学生啊！一旦被拘留，必会是人生中的一个"污点"，以后升学或找工作都会受到影响，令人忧心忡忡。

小明因驾驶"鬼火"摩托车，半月前被查过。当时，因为他年龄小，刚满十五岁，无法取得驾驶证，交警部门通知了他父母，并反复交代提醒，考虑到学生以后的生活，希望家长和学校加强管理和教育，让孩子认识到这些车辆的危害，一定要远离"鬼火"摩托车。

小明认为，不偷不抢，不就是驾驶摩托车玩玩吗？何况这样的摩托车很酷，在街上飞驰，十分刺激。

多日不开自己的宝贝"鬼火"飙车、兜风，小明憋得心里发痒、牙根疼，经不住飙车带来的美妙刺激诱惑，他这才夜里偷偷出来玩耍，过足飙车瘾。玩到尽兴时，自然随性加大了油门，左钻右窜，不停摁着喇叭、闪着车灯。路上行驶的车辆不是猛打方向急"让路"，就是嘴里骂着不干不净的话，急踩刹车"等行"。

"快点，快点，再快点！哈哈，我要飞，飞起来了！"

不知是路边绿化带的树木或是广告牌影响了视线？还是小明恣意享乐在刺激、耍酷的过程中得意忘形，"吭当"一声巨响，车撞在交叉路口的石墩上，声音格外的刺耳、凄凉！

一场噩梦结束了飙车耍酷、十五岁花季少年小明鲜活的生命！

事故现场，悲痛欲绝的小明父母，深感意外，十分震惊！"那次被查后，你不是说自己的'鬼火'摩托车转手卖了吗？怎么会？这，这夺命的'鬼火'啊！还我儿命！"

偷枣

　　每年阴历的八月初，枣熟的季节，二婶家的枣园里，一嘟噜一嘟噜沉甸甸、通红通红稠密的枣儿挂满枝头，压低的树梢离地不足一米高，不用踮脚就能够到枣。这枣树枝头一个个拇指大小的红色诱惑，让儿时馋嘴的小伙伴动了心思，密谋一番，决定铤而走险偷枣去。

　　为首的二黑说："生瓜梨枣，谁见谁咬，偷枣不算偷。"

　　胆小的文文问："被抓了，二婶叫来家里的大人咋办？"

　　二黑说："咱们分好工，你胆小管放哨，我力大用棍子打枣，磊磊他手脚灵活管拾枣，只要配合好，运气不会差，哈哈，是不？"

　　见文文吭吭叽叽、犹豫不决，一旁的磊磊有点急，推了一把文文，着急地说："怕什么！说个痛快话，到底去不去？哼，软柿子，胆小鬼！"

　　文文被磊磊的话激得面红耳赤，甩着膀子、跺踩脚说："去，去还不成吗？"

"好好，这就对了嘛。"二黑拍拍文文的小肩膀说："午饭时，是偷枣最好的点儿，我家门口柿子树下不见不散。"

"行，一言为定，不见不散。"

"拉钩上吊，一百年不许变。"三个小伙伴拉钩承诺，谁反悔谁是乌龟小王八。

正午时分，炎热难耐，沿着踩好的点儿，三个小伙伴猫着腰悄悄溜到枣园边。眼见枣园无人，二黑一阵窃喜，手一挥，爬过枣园的矮墙，按照分工，二黑挥动了打枣的棍棒。

砰砰啪啪，落下的枣，砸疼了满地捡枣的磊磊，嗷嗷乱叫。

二黑停下手中的棍棒，黑着脸小声喊："忍着点，你这鬼哭狼嚎地惊了二婶怎么办？"

"哼，知道了，不砸你的头，你咋知道有多疼！"磊磊一手捂着头，一手捡着枣，嘴里不停嘟囔着。

二黑举起棍棒又是一阵猛打枣枝，熟了的枣稀里哗啦冰雹般落下来。

"啊啊，不要，不要，不要……头上不知留下几个包？"磊磊不顾惊了二婶，双手抱头大声嚎叫。

"呀呀，不好了，不好了，二婶来了！"站岗放哨的文文吓得脸变色，撒开小腿没命地跑。

"呀呀，真的坏事了！"扔下枣，磊磊一跃而起，快跑几步翻过墙。

丢下棍棒，二黑还不忘从地上捡了个大红枣，擦都没顾得擦就填嘴里，"嘎嘣"一声解馋的脆响里，蹭蹭几步跳过墙。

"哈哈，你们几个偷枣的孬小子啊，跑啥跑！麻溜的都给我站住了，谁要是不听话呀，哼哼，我告诉你们爹娘那还不算，我要是告到老师那，有你们好果子吃，一个个谁也别想拿奖状！"

呀呀，学习好、胆最小的文文停下脚步转过身。

二黑、磊磊耷拉着脑袋，一言不发，来回搓着小手，靠在枣园的土墙上等惩罚。

二婶赶过来，勉强憋住笑。"孬小子还跑不跑？"

"不跑了，不跑了！俺们不该馋嘴想吃您树上的枣！"

"知错了，知错了！俺们说啥不该动了心思偷您枣！"

"嘿嘿，一个个承认错误倒挺好。"二婶憋不住笑了。"那好，接受惩罚吧！"

二黑狡黠地冲磊磊、文文使个眼神，一起说："二婶真的惩罚呀，能免了不？"

二婶虎起脸，说："惩罚是必须的，听好了，二黑你去我家厨房里端盆水来，磊磊去拾你们刚才打落的枣，文文等会儿你负责洗干净枣。你们个个都给我好好地吃，吃足、吃过瘾，二婶才能放你们走，行不行？"

"呀呀，这……"

在二婶的张罗下，很快洗干净一盆大红枣。"愣着干啥？快吃吧！"

三个坏小子，拿起皮薄肉多的大红枣，放嘴里，嘎嘣一嚼，脆甜，解馋，好味道。

"哈哈，嘿嘿，呵呵……"

临走，偷枣的小伙伴，每人手里捧着枣，个个乐呵呵，屁颠屁颠走得欢。

柴鸡蛋

高考前夕，高斌和妻子商量，为了给今年高考的女儿增加营养，除了鱼、肉以外，决定到郊区柴鸡场买些散养的柴鸡蛋。

上午十一点左右，高斌夫妇开车到了柴鸡场。不巧，养鸡的老板遗憾地告知刚刚来过一拨人，把柴鸡蛋捡完了，想要下午来。

养鸡的老板还介绍："俺养的柴鸡吃的是虫、草，原生态、纯天然，鸡下的蛋营养丰富，超普通鸡蛋十多倍，金贵得很。价格吗？童叟无欺，每斤十元不能少。"

高斌想："时下，市场上一般的鸡蛋也就三元左右一斤，这里的柴鸡蛋是自己捡，每斤十元还供不应求，一定是好蛋。再说了，好蛋一定贵，就算等，也一定要买些。"

物以稀为贵，动了心思，高斌买柴鸡蛋的愿望更强烈，问："下午几点来能买到柴鸡蛋？"

"哈哈，想要买到新鲜的柴鸡蛋，最好两个点儿，一是上午十点前；二是下午三点后。"

"为啥必须是这个点儿？"

"哦，是这样的。我养的这群宝贝鸡，一晚上大约能下百十斤蛋，基本上第二天上午十点前就被蜂拥而来的客人争着捡拾完。这上午十点到下午三点的空，这些鸡至少也能下七八十斤的蛋。蛋少，吃蛋的多。所以呀，来晚了没有蛋。"

"噢！是过样，难怪……"

"是呀，俺这柴鸡是散养，天天吃虫、草，下的都是地地道道的原生态蛋，城里人稀罕是不？拿它当宝贝'蛋'，你以为呢？"

"那是，那是。你下宝贝蛋的柴鸡卖不？"

"呀，还当真惦记上俺的柴母鸡了？一看就知道是高人，懂养生的高人！"

"啥高人不高人的，问你卖不卖？"

"一般不卖下蛋的鸡。可，如果你真是急着用，给出的价格又合理，我也可以考虑逮个大母鸡卖给你。这柴老母鸡可不比那些普通鸡，如今都成奢侈品啦！柴老母鸡炖出的汤，那营养价值可是高了去了！你还真想买只尝尝鲜？"

"嗯，咋卖？"

"真想买？那我可得好好合计合计。这样吧，你买十斤柴鸡蛋，我按三百元一只卖给你；你买二十斤柴鸡蛋，按两百五十元一只怎么样？如果买三十斤柴鸡蛋的话，卖给你一只两百元，中不中？"

"呀，看来是多买十斤柴鸡蛋，一只鸡的价钱就能减去五十元啊。"高斌表面不动声色却在细算账，心想："嗯，整明白了。如果买七十斤柴鸡蛋，就算自己家一时吃不完，可以送人呀！这样的话，岂不白赚一只鸡？"

看着高斌没回话，老板一笑："嘿嘿，合计啥呢？又不是脑筋急转弯，简单得很，就是买蛋多了就送鸡，买不？"

"呀，也就是说？这……"

"唉，这啥这？哪有道道弯弯这么多？你如果买我七十斤柴鸡蛋，我就白送你一只柴老母鸡，利利索索给个话，中不？"

"行，君子一言。下午三点一准儿来。"

"中，一言为定。期间，新下的柴鸡蛋，谁买也不给，一个不少留给你。可，你要先预付订蛋的押金二百元。这丑话咱可说前面，等你下午六点来不了，就算你失约，押金的钱，归我！"

"行。"

下午，比约定的点儿早半小时，高斌夫妇就高高兴兴地来到了柴鸡场。

刚进鸡场门口，柴鸡场老板夫妇的话，就轻飘飘地入了高斌夫妇的耳。

"唉唉，我说你慢点，慢点好不？急急慌慌的都已经弄烂了仁鸡蛋。"是老板抱怨的声音。

"知道了，这不赶时间吗？你也快点放行不。一会儿，中午那对儿给了押金买鸡、买蛋的夫妇来了，露了馅，咋整？"老板妻子多少有点担心地回着话。

"哼，都怪你那个宝贝儿啊，送来鸡蛋这么晚！"

"唉唉，都啥时候了，还抱怨？"

"好好，不抱怨！咱都加把劲，快点，快点，再快点。"

"就知道急，再快也得摆放的像鸡下的蛋，放多、放密了，人家也会生疑的。"

"嘿嘿，在理。你说咱这生意咋恁好？好得封都封不住！"

"嗯嗯，是好！可，这天天两次放鸡蛋，累得我腰酸腿疼脖子歪。"

"疼也值呀，咱放这三块钱一斤的鸡蛋，人家再弯腰一个一个捡起来，就变成了十元一斤啦。哈哈，啥本啥利，你说？"

"可不！也就是你这脑瓜子灵活，歪点、孬点多。看来，今年不比往年差，肯定又不少赚。"

"哼，这不光蛋赚钱，八月十五快到了，再卖了这些鸡，又能赚个好价钱！"

怕惊了说着开心甜蜜话的老板夫妇，高斌夫妇又小心翼翼挪前几步，细看，见两个人一人提一个盛满鸡蛋的大竹篮，穿梭在养鸡树林的角角落落。

"呀，这，哪里是捡拾鸡蛋？咋从篮子里拿出鸡蛋，一枚枚放在树根下、地上的草丛边……"高斌一脸惊奇，小声冲妻子气愤地说："呀，骗局！

这……这哪里是什么柴鸡蛋？"

"唉，我也听到、看到了，现在的人，怎么会这样？坏良心不？"妻子一脸迷惑。

高斌使了个眼神，妻子会意。回到门口停靠的车上，妻子问："咋办？"

高斌答："见了真神，咱回吧！"

"那，那咱的押金？"

"这，蛋是普通鸡蛋，不是柴鸡蛋！唉，糊涂，还要什么押金钱！"

"哼，继续做你们坏了良心、坑人的发财梦吧！相信这事总会有人问、有人管！"按响车喇叭，高斌夫妇离开柴鸡场，走远了。

摄"空"

那是一九九六年的一天中午，很少串科室的总经理没敲门，径直走进公司宣传科。"总经理好！"全科室人员放下手里的活，齐刷刷起身恭迎。

"啊，啊，大家都坐吧！"总经理面带笑，说着温和的话，打着手势招呼大家坐下，轻挪两步到了王科长办公桌前。

"总经理，您有啥安排？请指示。"处事圆滑、头脑灵活的王科长，当着科室全体人员的面，故意挺起胸脯，话语响亮。

总经理笑笑，说："是这样的，明天省公司来个考察组，是个非常重要的活动，事关咱公司争取专项经费的成败。你安排一下，备足胶卷，明天一定多拍摄几张领导在现场的照片，一是留作资料存档；二是我还有其他重要用途。对了，这次省里来的领导特别安排不让记者跟随，只允许单位内部拍摄留资料。你一定要负责安排好，千万不可麻痹大意误了事。"

"行！总经理，您放心吧，这次我亲自出马，绝对误不了事。"

送走总经理，大家长吁一口气。总经理突然来科室造访，起初大家还以为是查岗呢？

王科长凡事善于揣摩领导意图，他从总经理亲自来科室安排，以及他说话的语气和表露出的神情判断，这次活动非同一般。他深知"兵马未动粮草先行"的道理，总经理安排的事，他不敢有丝毫怠慢，迅速拨通图片社宋经理的电话，让他务必尽快送来十个胶卷和十节照相机专用的五号电池。

王科长是学摄影专业的，不但摄影是他的强项，文字功底也很深厚。在全市摄影圈里大有名气，还挂着市摄影家协会秘书长、省摄影家协会理事的头衔，作品多次获过大奖。

第二天，市公司的领导轻车简从，亲自陪同考察。现场，省、市公司的领导与被考察单位的同志亲密接触，见面握手、沟通交流、谈笑风生。

看到红光满面的总经理入了镜，正给省公司的领导介绍情况时，王科长自信地走上前，迅速端起挎在脖子上的照相机，摆动灵活的肢体，"闪、转、腾、挪"地选好最佳位置，表情专注认真，内行人一眼看去就知道这是个行家。

"好！"王科长旋动调节好相机光圈，选好最佳场景，心里暗自得意。

随着"咔嚓"一声按下相机拍摄的快门，王科长"啊"的一声，惊出一身冷汗。随手摸遍摄像包、衣兜，心里惴惴不安："不好，这昨晚李副科长较劲和自己拼酒喝高了，这是要误大事啦！"

他用手背频频擦着额头的冷汗，抬头时，恰巧遇上总经理投来的赞许目光。他明白，这是总经理为他刚才选择的拍摄角度和他展示的拍摄绝招报以赞许和鼓励啊。

王科长虽然心如热锅上的蚂蚁，却依然沉着冷静，不停地选择最佳拍摄角度，"咔嚓，咔嚓"拍了许多现场活动的照片。

考察活动结束，回市里宴请省公司领导的路上。

"好！"总经理还对王科长出色的表现竖起大拇指，并安排："下午三点，省公司领导返程前，一定要把照片洗出来。"

"放心，一定，一定误不了事！"处事老到的王科长面不改色、拍着胸脯保证。

饭没去吃，王科长急匆匆地直接去冲洗照片。路过一家超市时，他还特意买了一条"555"牌香烟，胸有成竹地进了图片社。

大约半小时，王科长离开图片社时开了一张冲洗照片的发票，马不停蹄地赶往宴请的宾馆。

到了宾馆，叫来总经理办公室秘书，王科长一反常态叹气不止，晃着手里的发票焦急无奈地说："你看，你看，越急越出岔子，怕总经理着急，到了宾馆才发现拍摄的照片连同胶片忘在刚才送我的三轮车上了，唉！一会儿你告知总经理一声，我必须马上去找那辆三轮车，找回照片。"

"你，你还没吃饭吧！要不，我去给你弄几个热包子先垫吧垫吧。"

"哎呀，顾不上了，总经理那就仰仗你多美言吧！"话没落地，王科长一路小跑……

听了秘书汇报，总经理先是一惊："这？我还特意告知他这次活动的重要性，咋能犯这样的低级错误？省公司的领导马上就要返程，唉！看来……"

没找回照片，第二天，王科长请了病假，当医生的妻子叹着气说："他因着急上火，多年的老胃病又犯了，躺在床上疼得'哎呀'不止，一天不吃不喝。"

第三天，王科长来单位，首先去了总经理办公室。没等局长开口，他捂着肚子，一脸沮丧，捶胸顿足，说："千错万错都是我一个人的错，大意失'荆州'啊，照片丢了，误了您的大事，请求总经理处分吧！"

总经理本想发通火，看他狼狈的样子，又忍下来。缓口气，意味深长地说："嗯，是我催得急了点，不能全怪你。丢就丢了吧！这教训很深刻！不能有下次。对了，身体怎么样？"

"谢谢领导关心，无大碍，无大碍。"

一周后，宣传科副科长小李悄悄溜进总经理办公室，向他神秘耳语："总经理，那次活动王科长要的十个胶卷一个没动啊，图片社的一个熟人说……"

总经理心想："哼，是这样？可恶！"表面却不露声色，轻轻拍拍小李的肩膀说："小李副科长啊，这个事你很负责任，能做到一查到底，弄清事实真相，不简单，是个能指靠的好同志！不过，到此为止，谁能不犯点小错误，是吧？千万不要追着不放，到处再传播，你……明白吗？"

"是是，一定不传播！可，明知没胶卷，他咋还摄'空'？"小李似有所悟，知趣地离开了总经理办公室。

"王科长在其位不作为，明知没胶卷，还故意摄'空'，啥心思？"一时间，风言风语风一样飘进公司的角角落落。

……

"嗯，老同志了，我绝对相信你的为人。不过，避避谣言，心里静啊。"总经理代表公司跟王科长谈话。

"唉，可，我……"

"我明白，你心里憋屈，是不？"

"这……"

"嗯，你这不是胃病犯了吗？顺理成章请个长病假，我马上批。"

"那？科里的工作……"

"好好在家养病吧！放宽心，地球离了谁都照样转，是不？工作的事，公司会慎重妥善安排好。"

"那好，那好。"走出总经理办公室，颓唐的王科长做梦也没想到会是这样的一个结果。离开公司时，他和谁也没打声招呼，就跌跌撞撞回家了。

打开窗户，望着走远的王科长，总经理嘴角露出一丝不易察觉的笑："哼，你敢摄'空'，我让你腾'空'，玩阴招，嫩点！"

抢收

　　农机手小王，陪伴小麦联合收割机十一个年头了，农机手圈里送他外号"三夏"农忙"收割王"。

　　故乡鲁西南进入六月天，广袤的原野，麦浪滚滚，遍地金黄，处处飘散着诱人的麦香。

　　"咕咕，咕咕，麦子要熟……"布谷鸟唱着歌儿飞还故乡。

　　"好好，一定，一定！先来后到是常理，咱不能东一杠子西一锤乱了套，是不？"麦子熟了，预约小王收割的电话不分时间响个不停。

　　"行，俺把俺村要收割的户一准儿给你组织好，就盼你'收割王'早点来。"

　　每年"三夏"麦收期间，农机手小王常常凌晨四点起床，有时会一直忙到次日凌晨。小王理解农民抢收抢种的心情，没白没黑鏖战在广阔的麦田里，有时一天凑合着吃上一顿饭。

　　今年，六月一日上午，全市"麦收开机"，当天九千七百台小麦联合收割机驶进麦收主战场，收获小麦不下七十万亩。小王又创下单日收割小麦面积、产量双桂冠。

记者追着问：“你是小麦收割王，今又创佳绩，辛苦吗？有何感想？”

小王抹抹脸上的灰尘，傻傻一笑：“嘿嘿，我只在本市乡村跑，累是累了点，不算太辛苦，真正辛苦的是去外地或外地来咱市割麦的农机手，他们一台收割机有两名农机手，轮番上阵，机器二十四小时不歇，那才算是苦！”

“能停停不？把我家的麦子先割了。”

“你不是前村的小王吗？我和你爹是同学，看看能来俺村先收割一天，行不？”

“天气预报说，这几天天气复杂多变，阴雨天多，先给我割了，我出双倍的钱，干不？”

小王从东村去西村的路上，不时有人半路截车出高价求收割，因事前有约，小王都不假思索、婉言回绝。

“天昏地暗要下雨，你咋还往别村地里跑！你个鳖羔子，人家的麦子是粮食，咱家地里长的麦子不是人吃的粮？赶紧的去咱地里收麦去，要不然看我咋收拾你。”电话里，小王的爹气呼呼说着难听的话。

看这天，真要下雨了。

“对不起，有点急事我要走，回来给您再收割。”看上去心急火燎的小王给西村的主任撂下一句话。

“天要下雨，麦子割一半，你能撂挑子走人？都是抬头不见低头见的乡里乡亲，不仁义啊！简直就是瞎胡闹……”

没多解释，小王开起收割机走人。

“快点，再快点！那可是她一家子的指望，决不能耽搁了！”小王想着心事，尽量加快车速，急急火火地从西村向南村一块熟悉的麦田赶。

“不孝子啊！就算你钻到地缝里，今天老子也要把你揪出来！”撂下电话半小时后，小王的爹走进自家麦田，没见小王，突起一股无名火，打小王电话也不通，便发了狠，咬牙切齿，骑着电动车一路骂骂咧咧寻找小王。

看到小王时，雨点已落地。

“哼，自家麦子你不顾，是你爹？还是你娘？下雨抢收挂你心上！”

呀！地头站的咋是她？

李大娘是军烈属还孤寡。

"哎呀，孬小他爹，孩子年年帮我收麦，钱不要我一分、饭不吃我一口。唉，今天你又赶过来……"和小王的爹打着招呼，李大娘泪眼婆娑。

"哎呀，孩儿他大娘您说的哪里话，您对国家有贡献，这点小忙必须帮，来晚了，来晚了！"小王的爹来时怨气撒精光，慌忙撑起口袋帮装粮。

雨点大了、密了，李大娘尽力踮起小脚，伞罩在小王和他爹的头上方。

天价靓号

　　同学小顺有个手机靓号，这一直是他在同学和朋友圈里炫耀的资本。

　　可是，最近几天他一点儿也高兴不起来，心事重重，觉不甜，饭不香。

　　"咋回事？和二嫂子闹别扭啦！"

　　"哈哈，准是打麻将输多啦！"

　　"呵呵，还有他烦恼的事？"

　　"说不定呀！有可能是……"

　　几个同学聚在一起猜测着，故意和小顺调侃。

　　"好啦！好啦！诸葛亮似的净胡猜！"

　　"那？"

　　"唉！"小顺叹口气，欲言又止。

　　"有屁快放，和同学憋堵啥？"

　　"唉！这不，遇到麻烦啦！"

　　"咋回事？"

　　小顺晃晃手机说："这靓号啊！"

　　"唉，这靓号你都用了十几年了，招谁惹谁啦？"

连续三天，小顺的手机不停有人打来电话，是一天一个"主题"。

第一天，接了不下二十个同一内容的电话："喂，你好啊！你的房子怎么租？"

第二天，接了不下三十个不变内容的电话："喂，想好了吗？借的钱啥时候还？"

第三天，电话虽少啦，内容更蹊跷："喂，听说你的手机号被监听啦。"

郁闷呀！这不，今天，小顺干脆关机啦。

"哦，这样啊！对，报警！"

"最近，得罪人了吗？肯定是骚扰电话。"

"哎呀，肯定是有人看上你电话号码啦！"

"是啊！听说，现在有专业盗号团队，'黄牛'靠此发家。"

"唉，有道理。我怎么没想到呢？"

同学又是一番议论、猜测，小顺频频点头，似有所悟。

"快，小顺把你的手机打开，我给你蹚蹚浑水？"

同学翻到第三天打过来的任意一个号码，摁下免提。

"喂。"

"喂，你好！你昨天给我打电话，提醒我的手机被监听，是真的吗？"

"呃，可能是打错了吧！"

"没错啊，就是用这个号打的呀！"

"是吗？不过，你这样的靓号很容易被人监听，不安全啊！"

"不违法犯罪啥的，谁会监听？再说啦，非法监听是犯罪！"

"嗯，最好是换了，免得麻烦。"

"唉，用很多年啦！不舍得呀。那你说说我该怎么办？"

"对啦，你要转让的话，我帮你问问，我朋友是做大生意的老板，他喜欢你这样的吉利号。"

"嗯，也好，麻烦你给问问？"

"嘟嘟"对方挂了电话。

大约五分钟，小顺的手机再次响起，同学急忙按下免提回话。

"喂，正好那个朋友看好你的这个手机号，愿意过户吗？"

"好啊！那价格……"

"放心吧！朋友不差钱，不会亏了你。"

小顺心想至少也得给个三四千块钱吧。于是，用手指比画了个"四"向接电话的同学示意。

"那，多少？"

"你的号，开个价吧！"

"至少也得是四……"同学欲擒故纵，故意放慢语速说出半句话。

"哎呀，十四万太高啦！一口价四万啦！"

"啊！我没听错吧，是不是……"

"这个数，在市面上已经不低啦！最多再加一万块。"

小顺没想到几个顺嘴的破数字能值这个天价，摆摆手，示意同学应下。

同学把小顺的"摆手"理解为不卖的信号啦！于是，回了一句："不卖啦！"

"哎呀，好商量吗？我替朋友做主再加一万块，你那边也要压压价吗？同意的话，先给你账号打过去三万块，明天过户时补齐剩下三万块啦！"

很明显，连续打来骚扰电话的肯定是一伙人，目的就是相中了小顺的手机靓号。

第二天，怕对方使诈，小顺特意带了两个身强力壮的同学去过户，眼看着六万块全到账，云里雾里的小顺麻溜地签字后撤离啦。

小顺的手机后六位数字是"156666"，"一个自然数是一万块钱！"

"真是瘸子的屁眼'邪了门'啦！"稀里糊涂的小顺咋也想不通，六个数真就能值六万块？

犟老三

"拉起地排车扛上锹，义务修路三十年。车子用坏了七八辆，换了三十把新铁锹。不图名来不为利，修得坦途行方便。你要问我他是谁，村里称呼其犟老三。"放学路上，一群孩子，欢呼雀跃，唱着歌谣。

出于好奇，我问："孩子，这是唱的谁？"

孩子笑笑："你不知道啊，俺村的三爷爷。"

"嘿嘿，孩子们唱得好，说得对，他就是俺邻居，大名叫谢家国，外号犟老三。看看，这去学校的路，还有他昨天修过的印迹呢。"一位村民走过来，冲我热情地打着招呼。

"嗨，我说这村里村外的路，没坑没洼还平坦，砖头瓦块没一片，路两旁不缺一棵树，原来是……"

"可不是吗？俺这村多亏了犟老三。"他自豪地说："这位'愚公'犟老三，义务修路补树三十载，今年七十八岁了，因他心地善良，性情耿直倔强，在家里兄弟姐妹间排行老三，村里人都称呼其'犟老三'。一年四季里，不论是严寒酷暑，还是春秋季节，他每天坚持起早贪黑，拉着地排车行走在村里的大街小巷、乡村公路间，一天来回巡视好几遍，见到坑洼处就停下来填平夯实，他挖土补路的身影深深烙在村民的心上。嘿嘿，提起他来，没有一个人不竖起大拇指——点赞！"

刚开始补路那会儿，老伴不理解，儿女有意见。老伴问："你个犟老头子，是吃饱了撑的没事干了吗？咋多管起'闲事'来，得空了帮我带带孙子，干点家务活多好，你又不是公家人，这修补路的活又脏又累，与你有啥撇不清的关系？"

犟老三心里不服，嘴更犟，他憋红脸说："哼，啥关系？你一个老娘们懂个啥？这修路关系大了去了！让过路人少麻烦，走路顺畅，心里舒服，还不行！"

儿女看着父亲手上的老茧，心疼地问："爹，您这整天修修补补的，自己搭力咱不说，这没有津贴，没有职务，没有回报，村里还不给一分钱，你自己腰包里掏钱购置工具去修路，心里是咋想的？到底图个啥？"

"嗨，图个啥？就图个心里痛快，精神好，身体棒。你们看看，孩子读书上学走的这条道，逢上雨雪天，车辆一过，轧得坑洼不平，泥泞难走，容易滑倒，上学的孩子都是咱村里的娃，你能眼睁睁看着不管不问？你能不心疼？"

"哎，爹说的对！还真是这个理。好，咱全家给爹点个赞！"儿女说服不了父亲，只好点头说着顺和暖心的话。

犟老三点头称是，心敞亮，满脸知足开了腔："嗯，这就对了。再说了，你们想想看，你说现在咱国家的政策有多好！村里六十岁以上的老人，每人每月还能领到补助二百块钱，恁大个国家，发这些钱真不少了，要是没啥大事小情的花钱，地里种的粮食蔬菜一年四季吃不完，就算打着滚花，这钱也花不完，是不？"

娘接过话茬，笑嘻嘻地说："哎呦呦，你爹呀，可真是'王八吃秤砣'铁了心啦！只要看见路上有一个坑坑洼洼啥的，心里就堵得慌，是吞蜜不甜，吃肉不香，夜里失眠，辗转嘟囔。还说啥活到老修到老，看看这觉悟，杠杠的！不过这些年，你娘我也开窍了，修路架桥是积福积德的大好事、大善事，你们呀，都学着点吧，不但要全力支持，还要尽心尽力帮你爹，听见没？知道不？"

儿女竖起大拇指，个个点头如捣蒜。

听着老伴入心入肺的暖乎话，再品品儿女们赞许的好表现，犟老三情绪激动，两眼闪着光，抿嘴嘿嘿一乐，说："嗯，这做人嘛，就是要有点精气神，守着本色，知恩图报敢担当！想想看，咱这村里村外的路好走了，变得更秀美富裕了，更文明和谐了，你们哪个心里不美滋滋，吞了蜜样甜？哈哈。"

......

乡党委王书记在全乡干部大会上，掷地有声，点名表扬："村民犟老三凭着做人的坚强信念和无私奉献精神，不弃不离，义务修路三十年，他的善举得到社会的认可和赞誉，不愧为当代'愚公'。"

上个月，犟老三因病走了，儿子含泪拉起地排车、扛上锹……

乐极生悲

公司经理老郭在位时就独爱麻将，牌桌上呼风唤雨般神！要"万"得"万"、要"风"得"风"，小打小赢，大打大赢，在公司圈里是个出了名的常胜将军。

退休后不喜养花、不遛鸟、不锻炼，仍钟情搓麻这一口。可惜呀，从退下来那天起，在位时的"麻友"便销声匿迹了，家门口往日的热闹和邀他搓牌的盛情没了踪影。

寂寞难耐的老郭在慨叹"人走茶凉"之余，不甘冷落了多年养成的癖好。于是，连续在城区转悠两天，终于发现了一个能施展搓麻才华的好去处。经三五番思量，决定拉下脸皮，断了和昔日那帮人搓麻的念想，不再指望那几个龟孙的邀请，另辟捷径搓麻将。

那天老郭早早地泡上一杯好茶带上，从家里自带个小马扎直接融入到城中大堤绿荫下那片自发组织的麻将摊显身手。

一连三天，老郭搓麻不开胡。

"哎呀，高手在民间啊！哼，胜败乃兵家常事。"

"哈哈，老郭啊！你那牌打得不在本本呀，臭啊！"

"嘿嘿，老郭当过官，兜里不差钱，输赢不在乎，就是图个乐啊！"

"呵呵，老郭好啊！是故意输给咱几个穷哥们，你们咋还不明白？"

"哼哼，输点小钱，是输点小钱陪着你们玩，那咱们明天继续玩。"

"老头子，输了？赢了？千万别上火上心，咱不输房子不输地，输点小钱不算什么？就当娱乐玩耍图开心，身体重要才是真。"回到家，老伴乐乐呵呵问战况，关爱有加话暖心。

听着老伴暖心的话，老郭接过刚泡好的经年珍藏普洱茶，小口品着说："茶是好茶没变味，离开位子人老了，这麻将打的是连续三天没开胡啊，当年的牌技那么好，如今算是遇到对手啦！哈哈，民间有高手，看来明天打牌不能再用老套路，要改变以往战术，灵活应对，主动出击，两军对垒勇者胜，拿出亮剑精神，不杀他个人仰马翻不收兵！哈哈……"

"哈哈，看把你乐得像小孩子样！没出息，还真把麻将桌当战场啦。真有你的，拼呀、杀呀的，小心弹尽粮绝输得趴桌下。"

"你呀，你呀，哈哈，就是狗嘴里吐不出象牙！"

"嘿嘿，你在位时那些牌友的心思是啥知道不？你那打牌的本事我知晓，不说了！明天你尽管麻将桌上对决显神通，我在家给你念佛诵经加祈祷，随时准备救护抬担架。不过我要告诉你，适可而止开心玩，千万不要动气上火发脾气。你心脏不好、高血压，一定给我记好啦！不听招呼的话，下次就不准许你再去那个人员混杂的麻将摊玩牌啦！"

"知道了，放心吧！我的身体我清楚，不就是打个麻将娱乐娱乐吗？对了，刚才你说我那牌的本事你知晓，啥意思？"

"不说了，就是不说了。你非得要问出个子丑寅卯来？"

"说出来听听嘛？说不准还能悟出点啥道理！明天能用上。"

"唉，你说你不呆不傻的，咋就那么死心眼呢？没啥，没啥，就是说你……"老伴想说，担心说出来老郭受不了，话到嘴边，欲言又止。

"说啥？看你吞吞吐吐的。"

"啊，哦，说你牌技好！"

"唉，好汉不提当年勇啊！"

第四天，老郭早早去了那个麻将摊，占了个东门，心想："日出东方，东为上，背靠东岳泰山镇四方，风水好，今天准能连坐它四把庄，把前三天输的钱连本带利都捞回来。嘿嘿。"人未到齐，牌场没开，老郭自己先醉了。

大约一刻钟人员到齐，在咋咋呼呼，劣质香烟云雾缭绕中，连打三圈结束。老郭又是一胡没开，按照老规矩接着重新抓"风"，结果老郭从东门换到了西门。

"唉，是老了，脑瓜子反应慢？还是点子背？这几天咋光输不赢！当年在位时麻将场上那个要风得风、要雨得雨、叱咤风云的郭经理，那个常胜将军咋成了只点'炮'输钱的大笨蛋？"

"老郭想啥呢？该你摸牌了！快点，快点。"

"嗯，又到我摸牌啦？"

"是啊，麻溜利索点啊！"

摸上一张牌，"呀"老郭一阵窃喜。

老郭手里其他的牌都已成铺，缺将。上条上万都可能听牌，条上是：二四五六七八条，万上是：单一张九万。

"呀，是个大牌呀！"不假思索，老郭留下刚摸到的"九条"，情绪有点激动地甩出个"二条"，这个"二条""蹦蹦"在牌桌上蹦了两下醉酒般落在了地上。

"唉唉，能不能慢点！激动个啥？"

"激动不如行动，还以为你老郭自摸了呢？哈哈。"

"好啦，好啦，继续打牌。"

"六万。"

"八万。"

嗨嗨，还就不信，瘸子的腔还斜（邪）了门啦！你们都摸"万"，我偏就摸个"条"看看。呀，真邪了！

"四万。"

此时，老郭虽没附和吱声，"怦怦"的心跳却不断加快。

"九万，九万，九万。"连念叨三声，老郭才开始摸牌。

"哎呀，我胡了！自摸！九……九……万！"眼一瞪，嘴一斜，头一歪。

"出事了，出事了！老郭这不会是四天连场不开胡，自摸一胡上西天吧！"

直到"120"急救车赶来，老郭攥着"九万"举过头顶的手还僵在那儿没有放下来。

自此以后，这家麻将摊立下规矩，打牌之前需体检！

海棠花儿开

三年前的一天，小王庄村因为推广种植海棠苗木，一部分思想保守、墨守成规的村民，心生疑虑，聚一起七嘴八舌，议论纷纷。

"哼，我看这是没事找事，穷折腾！这肥沃的土地种粮食天经地义，种上海棠算是咋回事？唉，败家的玩意儿！"

"嗯，说得是，种粮行，种海棠？搬着梯子上天——没门！"

"唉，咱这祖辈靠种田为生，村里的土地都是'麦茬棒、棒茬麦，偶尔种点大豆、花生、蔬菜做点缀'。这是想整啥幺蛾子？哼，种海棠？不信还能种出个金山银山来！嗨，任你说得天花乱坠，俺有俺的牢主意，不种就是不种！看你能咋地？"

……

小王庄村的支部书记王富贵正值不惑之年，他头脑灵活富有责任心。这些年党的富民政策好，他干生意、做买卖，没少挣钱，是村里的头号富裕户。

这两年他心里一直思考着一个问题，那就是村里还有不少贫困户，靠面朝黄土背朝天在土坷垃地里刨食，勉强维持生计。自己是先富起来了，可一家富不能算富，作为一名党员干部，能不能给村里的老少爷们找个合适的致富门路，带动大家一起脱贫致富？由于种种原因，这个愿望一直没能实现，成了他纠结无奈的一块心病。

党的十八大以后，"脱贫攻坚战"的号角在全国大江南北迅速嘹亮吹响。扶贫路上，一个都不能少！真扶贫，扶真贫，精准扶贫，一场轰轰烈烈的扶贫活动迅速展开……

小王庄村不足一千人口，是一个传统的农业种植村，村民一年在地里没少出力流汗，可这光靠种粮食，钱袋子啥时能鼓起来？再说了，这不大个村子，贫困家庭占了十六户。

王富贵说："时不我待，不能听天由命再等再靠了。"

凭着这些年做生意积攒下的社会关系、人脉资源，王富贵马不停蹄，开始四处托关系寻找致富的门路。还别说，世上无难事，只怕有心人！王富贵通过朋友介绍，找到了外乡种植海棠苗木致富的能人郑苗发。

那天，王富贵诚心实意向能人郑苗发求教，恳切地问："能不能给俺支个招，让俺带动村民学习您种植海棠，一起干？"

郑苗发是个厚道义气的热心肠，见王富贵带领村民脱贫致富心情迫切，经过一番思量后，他认真地说："行！我愿意。"

见郑苗发答应帮助种植海棠，王富贵憋不住心生欢喜，自言自语地说："这有了致富的好门路，干好干孬，关键在于是否付诸实际行动。嗯，要趁热打铁，说干就干，绝不能拖泥带水。"

三天后，王富贵召开村民代表大会，商议动员村民种海棠苗木。岂料，反对的多，支持者寥寥无几。他磨破嘴皮子，不但没人响应，还听到了不少开头那些议论泄气的风凉话。

王富贵没责怪村民，他扪心自问："咋回事？啥原因？嗯，这一定是村民有顾虑啊！咋办？嘿嘿，还能咋办？不勉强，不强求，示范引路呗！嗯，到时看他们种不种？"

当年，王富贵不仅在自家的粮田上，全部种上了海棠苗木，还撺掇着父母、兄弟在责任田里试栽种。

父亲说:"儿子看好的事,错不了。"

弟弟说:"哥是村里的领头人,甭管别人种不种,我带头,必须的!"

王富贵笑笑:"嘿嘿,放心吧,等咱种植海棠有了好收益时,村民一准儿会跟进。"

岁月匆匆,一晃两年。

王富贵一家种植的海棠开花结果了,一棵卖到三十元。

这下村民们坐不住了,纷纷涌进王富贵家的小院。

"俺想种,行不?"

"嘿嘿,俺也种。"

"唉!"当初说话嘴硬,晚辈堂侄子二黑叹口气,凑近王富贵,低头歉疚地说:"对不起!看我这张不把门的破嘴,当初不该跟着凑热闹、瞎吆喝,还说您种海棠就不务正业瞎折腾。您'大人不记小人过,宰相肚里能撑船',帮一把,带领咱村里人一块儿干吧,大伙都盼着早日实现脱贫致富梦呢!"

"嗨,傻小子,看你说的哪里话?咋会生你的气,过去的事不提了。嘿嘿,都想通了?一起种海棠?"王富贵轻拍二黑的肩膀,乐呵呵笑着说。

"想通了!"院里的村民不约而同,异口同声。

"好,想通了好啊!咱们撸起袖子、甩开膀子,一起种海棠,实现致富梦!"

"哈哈、呵呵、嘿嘿……"

朗朗笑声漾满小院,村里的贫困户王来福凑近扯扯王富贵的衣袖,怯生生地问:"俺也想跟着一起种海棠,可俺家里实在凑不够本钱,咋办?"

"哈哈,咋办?办法我来想,只要你们愿意干!"众人转身,"呀,市直下派驻村的第一书记李晓阳来啦!"

……

王富贵兴奋地说:"当年,在驻村第一书记李晓阳的积极协调下,争取了部分资金补助村民种植海棠苗木,小王庄村种海棠的积极性空前高涨,种植面积一下子突破了三百多亩。"

海棠苗木长势喜人,眼见地渐渐长大了,一些种植面积多的村民,试着出售了部分海棠苗，嘿嘿，一棵竟卖到了六十块。

第一书记李晓阳信心十足地说："由于小王庄村种植海棠规模大，海棠苗木品质绝佳，现在成了名副其实、闻名遐迩的'海棠专业村'。村民的腰包渐渐鼓起来了，离致富奔小康的梦想也越来越近了。"

去年，我应邀去了小王庄村参加海棠节。好个海棠如云霞，风情万种花。我置身于游玩的人群，徜徉在连绵不断的花海中，亲身感受姹紫嫣红、绚丽多姿的美好景致，让人陶醉其中，流连忘返，别有一番景致在心头。

那天，在小王庄村，我还目睹了一番鼓舞人心的新气象。美丽乡村建设喜结硕果，小王庄村昔日的泥土路已经硬化成水泥路面，通到了家家户户的大门口；干净卫生的自来水，流淌在各家的厨房和卫生厕所里；村东头的文化广场上，更是喧嚣热闹，村里的老人们身着艳丽的盛装，敲响锣、擂响鼓，跳起红红火火的广场舞，人人脸上透着幸福、漾满笑，就像海棠花儿开……

请客

　　老木是一家企业的老总，自诩梦见过高人点化，深悟玄机。

　　老木深信"三"是个最神奇的吉利数字，更深信"事不过三"的硬道理，每年的春节和八月十五，他都主动请客，但每次请客都会安排在节后，节前绝不安排。而每个节日后请客不超过三次，人员包括自己九个人，这是规矩，是经年雷打不动的坚守，从无例外。

　　这不，今年春节后，老木请客前，不知是投其所好，还是想给老木在请客的宴席上多些玄虚阔论的资本？有人发给他一条带"三"的信息——"三样东西"。

　　"今天，咱们要在开喝前说道说道'三'，博大精深啊！就是人生在世'三样东西'，经典呀！大家用耳朵好好听，用心认真记。当然了，用手机录成视频，回家好好揣摩感悟更好！看看我说得有没有道理！"停顿一下，老木两眼眯成一条缝，快速扫瞄了一圈，看大家正面露虔诚认真专注地听，便"吭吭"干咳两声继续讲。

"哪三样东西一去不复返？是时间、生命、青春；哪三样东西毁掉一个人？是脾气、傲气、小气；哪三样东西要珍惜？是父母、孩子、眼前人；还有三样东西最无价，就是爱情、善良、友谊；三样东西最无常，就是成功、财富、梦想；最后是哪三样东西得到快乐？你们猜……"老木故意停下来，见大家只顾认真听没谁回话，指着对面录视频的小王说："小王，你年轻脑子灵活，答答看？"

被点将的小王是刚被老木提拔的最年轻的部门经理，大学毕业的他虽然年轻却也老到，随口答出："涨工资快乐、发奖金快乐、会情人快乐。"

小王说完，大家纷纷嬉笑点头称有道理。

"不是钱，就是色，俗了点。小李，你说说看。"老木不满意小王的回答，又点了小李的将。

小李的爸爸和老木是牌友，隔三岔五聚一起在小李家打牌，小李没少端茶倒水伺候过，最熟悉老木的底细和爱好，略一愣神，笑着说："领导表扬快乐、打牌胡了快乐、木总高兴大家都快乐。"

"哈哈，你小子小嘴倒是挺会说，这三样是快乐，还不是最佳答案。小张、小安、小孙接着说……"

小张和老木是老乡，现在人事科，最善察言观色。听到老大点自己的名，慢声细语开了话："领导器重心里乐、服务好领导偷着乐、领导开心陪着乐。"

小安是老木去年破格重用的业务部经理，有开发商老爸护着，不差钱的主儿，看看左右作答："有钱能找乐、钱多偷着乐、给钱谁不乐？哈哈……"

"嘿嘿，就你家不缺钱，你小子是钻钱眼里去了啊！"老木飘忽不定的眼神扫了一圈请来的客人，漫不经心地掏出一支烟燃上，意味深长地说："今天，每一个人都有表达的机会，好好表现啊，该谁了，别停下继续说……"

小孙在公司管财务，平时话就少，支吾了半天才开口："没钱难有钱乐、家和美就快乐、单位乐了回家乐。"

美女小芳管内部餐厅，接触得多，见识也广："人这一辈子吃好了乐、喝好了乐、玩好才是最大的乐！"

养尊处优的凤姐，老公是个带"长"的官，每次被请话不多，看看轮到自己，湿巾沾沾嘴角，擦擦纤纤细手，不慌不忙开金口："叫我说健康活着就是乐、知足才会常乐、不做噩梦一觉睡到大天亮就是最大的幸福快乐！"

"好好，精彩！快快给点掌声……"老木带头鼓起掌。

"老杨，今天你是副陪最后一个说，说完就开宴，听听你咋说？"看着快要上齐的菜，老木示意外联部老杨赶紧说。

这个"三样"其实就是老杨让朋友转发给老木的，为掩饰自己并不知情，他故意跑题作答："好好活不攀比，尽孝父母须牢记，家和比啥都重要，官大钱多阎王照样土里拖。哈哈，木总今天请客，谁不乐？"

大家一阵阵哄堂大笑，像炸开了锅。

笑声一停，木总站起来，"那个……'哪三样东西得到快乐'，大家回答的都在理，我总结出的是'知足常乐、助人为乐、自得其乐'。今天我请客，良辰日，吉时到，老规矩，不乱套，来来，端起幸福快乐的美酒，开吃开喝……"

咋回事

　　"哼！说吧，咋回事？"木经理脸色铁青，右手慢腾腾从办公室抽屉里捏起信封的一角，晃了两下又丢进去，摊开双手问，还不明白吗？

　　哎呀，这是举报信啊！郝月权副经理心一颤、腿一抖差点就蹲下。可毕竟久经历练，在官场摸爬滚打这么多年，他不是好捏的"软柿子"，更不是"吃素"的主儿。他很快平静下来，摇摇头、叹着气，满脸委屈的样子。"咋回事？非要我说点啥。"

　　"哎哎！非要我提醒吗？"木经理一脸怒气，右手中指"当当"敲响桌子。

　　郝月权想，昨晚公司几个人聚一起喝酒的事，不至于吧！那看来今天必须说点啥？否则，过不了关。"唉！木经理，我也知道公车不能私用。可是，公司同事的老母亲生病提出来送医院一趟，咋也抹不开这个脸，我自作主张不应该，甘愿接受处罚。"

　　"嗯，这事我知道，无须多解释。"

　　"唉！那？上次八月十五发给员工的一点福利，

不是也退了吗？下属公司送来的那一车西瓜，虽然分给了员工不假，可按市场价付钱了呀。要不就是上次上面来人，我负责接待，顶风而上超了标准，违反了'八项规定'，给单位抹了黑，招人嫌了。"

"嗨，别'装形'玩'邪'，给我整这没用的事。捡'干'捞'稠'地说，自己干的啥拿不上桌面的事，隔个夜，能忘了！"

"呀，木经理，你可要明察秋毫为我做主啊！那个来过我办公室几次的女大学生，可是邻居家的姑娘，找我都是有正经事呀。这风言风语的您可不要轻信，也不能信啊！"

"嘿嘿，这些'风花雪月'的破事我懒得管，也太小瞧我了吧。"

"可，其他的……呃，对了。我确实在某些小事方面存在越权行为，但在'大是大非'面前，总能和您保持高度一致，平时工作上更是'拉偏套使正劲'，我能摆正我的位置啊。"

"……

"够了！瞎扯淡，越扯越远，净是些'鸡毛蒜皮'事。"

"那……这？"

"哼！什么那这的，别再给我揣着明白装糊涂，说这些'不痛不痒'的小事管啥用，根本不入我的法眼。"

郝月权冷汗涔涔，脑袋大了。他狠狠掐了一下自己有点抖动的大腿，暗暗告诫自己不能再往下说了，必须赶紧闭上自己吃饭的嘴巴，就摆出一副"死猪不怕开水烫"的模样来。

"啪！"木经理怒气冲冲站起来用劲一拍桌子，大声呵斥着，"我可是给足你面子和时间了，给脸不要脸，别怪我无情。昨晚酒后路过我家门，为啥踢我家的狗！说，到底咋回事？"

"哎呀！我的娘，这？"像突发了软骨病，郝月权一屁股跌落在地。瞬间，一股刺鼻的尿骚味弥漫整个房间……

囧途

"两会"期间，王教授进京参加一个学术会议，坐出租车去机场的途中遇上六次红灯，堵了三次车，到机场时，离登机时间还有不到一小时。"世事难料啊！"王教授暗自庆幸提前三个小时赶飞机。

王教授和随自己开会的研究生小李匆匆下车，进了机场，随排队人流挪步前行，等待最严格的安检。

家在农村的小李第一次坐飞机，跟在老师王教授身后左顾右盼，略显焦躁不安。小声问老师："时间不多了，这样排队安检，误了事咋办？"

王教授温和一笑，侧身腾挪闪出空隙，递个眼色让小王排在了自己前面，随手打开手机看看时间，对小王说："嗯，来得及，你先过安检。"

小李感激地笑笑，踮脚抬头看看前面排队安检的人，自言自语："嗯，快了。"

排在小李前面的是一位阔绰白净的中年人，斜跨一个名牌包包，他不时抬腕，瞅瞅那块价格不菲、金光闪闪的瑞士表，嘴里小声嘟囔："靠，恁严！误了我的点，谁负责？"

中年人话没落地，手机就响了。他开始"哼哼哈哈"接电话，后来右手罩着嘴巴，变得神秘兮兮。

大约一刻钟，中年人前面的一位女士过了安检，轮到中年人安检时，或许电话里话没说完，他招招手让小李先安检。小李回头谦让老师，王教授回话："嗨，别让了，快去吧。"

那中年人挂了电话时，小王刚好通过安检。他双手提提腰带，紧两步上前。

安检员："开包检查。"

中年人极不情愿地把包打开，安检员先是掏出一包安全套，嘴角蠕动，吐出句轻飘飘的话："出个门，咋带这么多？"

中年人脸微红，斜眼透着怨气，张张嘴没吱声，吞口唾液想说又没发泄的话。

安检员随手又掏出一瓶水，要求试一下。

二话没说，中年人拧开盖子，小抿一口。问："行了不？"

安检员微笑状，点点头。

接着安检员又掏出两瓶药，看了半天没整明白，也不说话。

这时，中年人来了气，一副恼怒的样子，伸手夺过药瓶："嗨，这是进口伟哥，是不是也要试吃一粒？"

"嘿嘿"安检员笑出声来，那中年人抬头挺胸过了安检关。

轮到王教授，他没带啥东西，移动了一下眼镜框，坦然快步向前。

安检员认真仔细地检查他身上携带的东西，不放过任何一点安全隐患。刚才过了安检的学生小李，看看时间，见老师还没通过安检，多少有点不耐烦："忒慢了，咋还没摸完？"

此时，王教授不急不躁，举起双手面带笑，配合安检动作麻溜，姿势优美。

"呀，老师，您咋？"

"嗨，安全无小事，责任重于泰山。无论如何，都能理解，向安检员致敬。"王教授白了学生一眼，说着语重心长的话。

"是是，致敬！可，老师，我说的不是这个！"

"不是这个是哪个？一会儿说。"

过了安检，王教授狡黠一笑，心生灿烂，半开玩笑半认真地说："嘿嘿，这么多年，好不容易有个美女安检员对你老师感'兴趣'，你咋还不高兴，嚷嚷啥？"

"嗨，老师，我是想提醒您，下面……"

"哈哈，啥上面下面？"没等学生说完话，王教授乐颠颠接过话茬。

"哎，老师，您裤子的拉链……"

"哎呀，'门'咋开了？唉！"王教授扒拉着外套，满脸窘态。

张教授

　　张教授是某大学资深教授，在某个领域颇有建树。每天除了看看央视新闻和相关科研报道，其他一些娱乐节目，他一概不感兴趣。为此，在一些交往或生活中，闹出些令人啼笑皆非的笑话，也实在不足为奇。

　　几年前，张教授出国将归，国内朋友赵君执意相托，请他务必在归国前给他的家人买套时尚的衣物，说是没出过国，借张教授出国的光，沾沾洋气。这些个事，张教授从没沾染过，无疑点到了他的死穴，这下可难为他了。

　　可，国内朋友盛情相托，总不能泼凉了人家热乎的心。嗯，这点小事还能办不好？再难，装懂也要买，鼻子下面不是有嘴巴吗？自己英语水平也不低，多开口动动嘴，说不定就能合了人家的胃口。张教授这样想着，心里顿时开怀释然。

　　"如何买？买啥样的好？"去购物的路上，张教授心里没底，脑子里总挥不去那几个"问号"。

说起买衣物，见张教授面露难色，一头雾水。一旁，陪同前去的国外朋友开始给他频频支招，普及女同志胸围和衣服尺码的一些基本常识。

朋友饶有兴趣，用手一边比画着，一边很形象地说道："中国女性一般是'A'和'B'居多，很少有'C'，一定要掌握尺度，把好原则。"

张教授"嘿嘿"一乐，大声说道："胡诌八扯！谁说的？国内不是有两个很出名的女明星是大'S'和小'S'的吗？"

结果，可想而知，那朋友"噗嗤"一声，硬生生喷出一把鼻涕来。

归国回来下了飞机，约好的朋友接上张教授出了机场。

从出机场到从教大学的一路上，张教授发现不论是机场，还是大街上都比往昔热闹了许多，醒目的位置随处可见或张贴或悬挂着欢迎某某（中国台湾流行男歌手）的各类标语。

张教授心里纳闷，好奇地问朋友："什么官员？这么大阵势！"

结果，接他的朋友，当场笑岔气！

回来当天晚上，某个很有名气电视剧的朋友，说是为张教授归国接风洗尘，热情相约张教授一起吃饭。推辞不掉，张教授只好应允。

张教授的这位朋友人脉广，拍过有名气的电视剧，身边不缺少明星资源。

宾主入座，张教授才发现身旁坐着两位女星。或许是因为名气大，当过戏里的主角！或许又上位了新的主角，憋不住的欣喜漾在脸上，动在肢体上，一个劲儿摆弄身姿，还不时拿出精致的口红，来回涂抹几下，那猩红性感亮眼的嘴巴，显摆张扬着青春的活力。这些在张教授眼里并不重要，因为他从来就不关注电视剧和所谓很火的娱乐节目，还有一个原因，就是在单位他是个出了名的痴迷学术科研的专家。

"不识庐山真面目，只缘身在此山中。真是白瞎了我的精心安排，这近距离接触女星的光鲜'厚礼'，咋还弄得他饭没吃好，一脸沮丧！为啥？鬼知道！"张教授的朋友莫名其妙，不知所言。

为啥？嘿嘿，缘由吗？

都怪这些个进进出出的服务员，是张教授身旁两位女明星的铁杆粉丝！多看一眼，套个近乎，那是多大的荣幸，天大的幸福！整个楼层的服务员不时找种种借口，一拨又一拨，像走马灯。

"唉，合个影，握握手，签个潦草不成形的汉字名，能当饭吃？能减肥？还是能长块肉？"张教授咧着嘴，直摇头。

请客的朋友实在憋不住，一脸尴尬挠着头。"嗨嗨，行了，还让人吃饭不？停停停，出去出去，快出去！"

轰走服务员，闹哄哄的场面恢复了平静。

"张教授，我的哥！唉，还是个著名的大学教授呢，情商咋就恁低？就算你不喜欢看电视剧，不喜欢娱乐节目，可别忘了，你身边坐的可是许多人都巴望着争相一睹芳容的明星！难道，难道你不想要个签名？"

"啥？签名。嗯，除了学生，我很少签名。既然你说了，破回例！"张教授误以为朋友要他给两位女星签个名，只好找来服务员，借了纸和笔。

"呀，你，这……"朋友憋粗脖子，急红脸，支支吾吾，只好将错就错，任由张教授在服务员拿来的两张点菜单上签名。

挥笔签名，一气呵成："好好学习，天天向上。"撂下笔，张教授推脱有事，起身离座，扬长而去……

掖被角

今年春节放了七天假，经年离家定居城市的王
小明，媳妇是南方人，担忧北方农村的寒冷，犹豫
再三最终没跟王小明回北方的农村老家。王小明来
回途中耽搁了两天，回老家陪了爹娘五天整。

王小明说："有一种爱，轻风拂柳般滋润着心
田，惊涛拍岸般震撼着心灵，轻缓而又温柔，含蓄
如花儿静开……这就是无私伟大的母爱。"

回来的第一天晚上，爹娘心生欢喜。娘乐呵呵
炒了四个菜，爹喜滋滋烫了一壶酒。

那个晚上，爹娘陪儿子吃着、喝着、唠着、乐
着，不觉间鸡鸣三更，还意犹未尽，迟迟不散。

看看儿子微醺，老伴已有醉意，王小明的娘虽
有些不忍，最终还是出口相劝："你们父子俩喝到啥
时是个头？儿子在家还有几天光景呢。要不，今儿
个就到这，明儿个我给你俩炒鸡、蒸鱼，接着唠、
接着喝，行不？"

王小明的爹醉眼迷离，打着饱嗝拧着头，满口

喷着酒气，起身晃晃悠悠指着老伴说："嗯？那咋行？你别瞎胡说话、乱打岔，败了和儿子喝酒唠嗑的兴头。唉，这几年不见，儿子混出息了，今儿个要和儿子一醉方休！呵呵，一醉方休！"

"哎，儿子有出息，以后高兴的事肯定多，你能天天喝到深更半夜？恁大年纪了，咋就不嫌脸红臊得慌！"

"嘿嘿，怕啥？赶明儿，儿子混好了，在南方的大城市买个大房子，说不定能接咱老两口去城里生活。有了盼头，想想都开心！哈哈……"

"爹、娘，会的！儿子一定让您住上城里的大房子。"

"看看，儿子多孝顺，心里想着咱呢。"

"唉，看你没出息的样儿，大城市买房子有那么容易？就算变卖了咱家的全部家当也不够首付，你就一边待着做梦去吧！是不儿子？"

"嗯，是不够首付！可，只要儿子努力，二老就等好吧，我一定会把现在住的一居室换成大房子！到时，把爹娘接过去，享清福！"

"嗯，好！一言为定，爹娘就等着住儿子城里的大房子。"

王小明已经醉醺醺的爹，最终在老伴和儿子的劝说下，乐呵呵踩着飘乎乎的步子回了屋。娘伺候爹睡下后，小心翼翼轻推门来到儿子睡觉的房间。

屋里没关灯，儿子已经躺下睡了，手脚还裸露在被子外面。

"良子，良子。"娘小声轻唤着儿子的乳名，见没应声，生怕夜里冻着儿子，她挪动轻步到床边，轻轻把儿子的手脚放进被窝里，又认真细心地为儿子掖好被角，才熄了灯，轻手轻脚带上门。

孩子永远是娘甜蜜的牵挂，娘掖被角，装睡的儿子最幸福！其实，娘进来时，王小明是醒着的。他不知道自己为什么还如儿时般，故意装出睡熟的样子，他知道只有这样，娘才会安心踏实。娘掖被角的手并不十分灵便，甚至还有些寒凉。但王小明心里却很暖很暖，浓浓的母爱在他心里泛滥……

娘刚一离开，王小明就睁开了眼，望着窗外浓浓的夜色，回味着娘满满的疼爱，这种爱温暖、尽意、柔和、自然，如小溪流水，清冽甘甜。娘为儿子掖被角，从小掖到大，一直掖到儿子离家远行不在娘身边。"羊有跪乳之恩，鸦有反哺之义，何况人呢？娘的恩情比天高比地厚！"他不停自言自语着，泪早湿了双眼。"嗯，不要问我母爱有多深，我会告诉你很多很多……"

今夜注定失眠，王小明索性坐起来打开手机，"叮铃"是一条微信，一位和自己状况不相差的要好网友发来的："嘿嘿，你那农村的老家冷不？今儿个俺回家，七十岁的老娘硬是不听劝说，把她常铺的电褥子铺到了我睡的床上！心头一热，差点当着娘流出眼泪来，好温暖！真是父母疼孩子没缝，孩子疼父母抽空。天下的娘谁不疼爱自己的孩儿？是啊，世上只有狠心的孩儿，哪有狠心的娘？"

　　网友发来的信息感染了王小明，他快速回了一条："老家农村这个季节地冻天寒，这会儿正躺在被窝里，回味刚才娘给掖被角的幸福味道呢。如今七十多岁的娘，两鬓多了些许白发，却也耳不聋眼不花，思路清晰，寒夜里仍不忘给儿子掖被角。经年离家，不能守在娘跟前尽孝，愧疚啊！"

　　"呀，我小时候上学，天不亮，娘就起床做饭。我记得每次娘起来前，都会来到我床前给我掖被角。母爱似海，儿时，娘不知道为我掖过多少次被角。娘的爱，点点滴滴，无处不在，掖被角是寒冬腊月里最亲切的温暖！如今，娘老了……再说，身边有媳妇了！"

　　"嗯，媳妇给你掖过被角吗？"

　　"呀，除了娘，还真没有谁给我掖被角。娘掖被角的眼神里透着呵护、疼爱、温柔！"

　　"嗯，娘给儿掖被角的画面好幸福温馨！儿时，那些不足以饱暖的沧桑岁月里，夏天闷热蚊蝇叮咬，冬天严寒滴水成冰，漫漫长夜里，昏黄的煤油灯旁，唯有形影孤单的母亲纺线、织布、缝缝补补，大多数夜晚是母亲'嘤嘤'的纺车声伴我入眠。有时夜深了，娘生怕我睡迷瞪了尿被窝，会停下纺线，柔声摇醒我下床尿尿，上床后睡下，娘还不忘给我掖好被角。走过千山万水，走过天涯海角，永远也走不出娘悠长的牵挂；你可以暂时离开娘的港湾，却永远也驶不出母爱的长河。"

　　"一二三四五，一生数一数，生命中有几人给你掖过被角？娘老了，我给娘掖过被角吗？"扪心自问，王小明泪眼蒙眬。

聚会

半生浮华，半世沧桑，人到中年，几个多年不联系的要好的初中同学，通过互联网联系到一起，当初的班长赵君建起了同学群，在群里多次建议："找个理由聚聚吧，混好混孬的，就是彼此有些挂念。"

大家纷纷响应，相约每年至少聚会一次。到今年，已经是第三次聚会了。

这天，又到六个同学聚会的日子，小王一路哼着曲，乐呵呵欣然前往。

王君自小就皮，但学习成绩好，是当时班级的学习委员。可如今，几个聚会的同学中数他混得差，每次同学聚会，他都是被开涮调侃的对象，可他从不自卑，人前人后乐其中。

今儿个，大伙还拿我开涮吗？嘿嘿，必须的！不说不闹不热闹。王君整理了一下西装，抬手推门进了那个预约的包间。

"嗨嗨，我们的活宝、重量级人物来了，哈哈，人齐了没?"

"哈哈,该来的没来,不该来的来了。"

"呀,屁话!那,还差谁?"

"嘿嘿,差谁?明知故问,还差你曾暗恋的校花——小芳呗。"

"哎,小芳不会不来吧!"王君嘴里吐着一口标准地道的本地话。

"听听,个个一口标准语,这王君教授是乡音未改,满口土话顺溜得很!哈哈。"

"嗨,哥们儿,你在外地教书这些年,满口土话,咋混?学生能听明白?"

一阵铆足劲、差点笑岔气的大笑,酣畅淋漓,肆无忌惮……

闻香识女人,一定是小芳来了。飘香渐近,脚步声戛然而止,门开了,妩媚翩翩,光彩照人。

人齐了,气氛更加热闹喧嚣起来,觥筹交错,推杯换盏……

辣椒面糊粥是王君的最爱,他盛了半碗"呲溜"喝光,不过瘾。看盆,见了底。招呼服务员,王君大声说:"好喝!辣得过瘾!快,再给俺上一盆。"

见王君吃得急,同学大眼瞪小眼,王君扮个鬼脸,傻了吧唧,自我解嘲地说:"嘿嘿,俺在外面难得吃顿饱饭,回来就是要过个饱瘾。"

群主赵君长吁口气:"唉,想不到啊!当年的学霸,落魄到这般田地!"

校花小芳扼腕叹息:"这些年咋过的?要不,回来工作,我给想办法。"

县拆迁办工作的同学最积极,撸起袖子嗓门高:"你从小练过武,身板硬朗有气力,不如回来干拆迁,保你有用武之地。"

如今已是县领导的同学李君,摸摸下巴,嘴里吐着飘乎乎的话:"当年我说过,你一身傲气,不杀杀这野性子,恐怕以后连饭都吃不上。看看,应验了吧!一晃二十年,混不下去了……"

"唉,同学小聚,沟通感情,叙旧话新,分享快乐,难得一聚,何必……"王君闭了嘴巴,双手托腮,眯上眼,伴着同学亢奋的喧嚣,微醺中酣声响起……

表姐

医院内科病房静悄悄，爹刚输完液体，就迷瞪瞪睡着了。弥漫的浓浓药水味道，让几天都没来医院看望的儿子夏周军手捂鼻孔，张开嘴巴呕吐状，看上去他很不适应这里的环境。

缓口气，夏周军斜眼咻嘴，招呼守候在爹病床前的表姐晓丽："遇上这味道，我心跳加快，呼吸困难，脸会过敏，给你十块钱，快去门口药店，给我买个口罩来。"

"嗯，一个口罩花不了几个钱，我去去就来。"表姐晓丽没接夏周军居高临下递来的十元钱，应声快步出了病房。

见表姐出了门，夏周军慌忙坐在爹病床前，附身柔声轻唤："爹，您醒醒，好点不？看看，我整日里事多瞎胡忙，不过您放心，表姐那边，我一定不会亏待她，多给些钱，这伺候人的活说重也累不着，总比她待在家种地强，嘿嘿，她乐意得很。"

"嗯。"爹嘴角翕动，懒得睁开眼。

"唉，爹，您老人家睁开眼，看看儿子给您带啥好吃的了？"

"嗯，我这把老骨头，牙齿稀落，啥稀罕玩意都吃不下，你忙！快回吧，这有你表姐就妥了。"

"嗨，再忙也得找点空闲，抽点时间来看看爹，是不？"

"不用了，我要迷瞪一会儿，你赶紧忙去吧。"

"哎，爹啊，那个事，你就说句让儿安心的囫囵话呗！"

"啥囫囵话？"

"嗨，您老咋揣着明白装糊涂！咱那老院拆迁赔偿的房子，您松松口，就别给表姐了，您说您这是操的啥闲心，胳膊肘儿咋还往外拐？再说了，表姐是外人，又不是您和娘亲生的。一套房几十万，是能随便给着玩的吗？眼看您孙子长大成人了，这以后读大学、找工作、娶媳妇、生孩子等等，要花钱的事，多着呢！"

"那咋成！你表姐人实诚，不怕脏累照顾我，不是图好处，贪图钱财。再说了，这端屎倒尿的活，拍拍胸脯凭良心，自己亲生的孩儿，几人能做到？"

"这？爹，我在这县城不是有头有脸的人物吗？你儿媳妇有洁癖症，爱干净惯了，是来医院少点，就算她亲爹娘生病住院时，她也没干过这端屎倒尿的活，何况您没养育她，嘿嘿，习惯了，见怪不怪。这天塌下来，不是还有儿顶着嘛，哪天得了空，我说啥得来医院陪伴您老几天。"

"嗯，随你便吧。"爹有气无力回着话，侧身转向朝墙壁的一边。

"嗨，爹，说出去的话，咋就不能收回？您不好意思，我去说呀！没合同、协议啥的，你就说当时犯了迷瞪，说胡话，咬死口不认账，看看她能咋地？"

"嗯，我来日不多，早有了打算。该你的谁也拿不走，不是你的挖空了心思也争不回。别动歪心思了，没门。"

"爹，您没糊涂吧！咋就一点儿不开窍，非得向着一个外人？哼，我看养老送终您不靠亲生儿子，指望谁？"

"啪"一耳刮子甩在夏周军胖乎乎的大脸上，就像平地一声雷。

"指望谁？"爹用力撑稳身子坐起来，举着抖动不止的巴掌，嘴里大喊着："指望谁，都不会指望你个王八羔子！"

"呀，咋吵上啦！唉，医生说您这病不能上火动气！"表姐晓丽推门进来，遇见父子反目，眼里噙满泪花花。

那天，表姐晓丽把夏周军叫到病房外的草坪上。

夏周军拧着脑袋，一脸不屑："得逞了！满意了？"

表姐晓丽脸色凝重，低头啜泪："听姨（现在的娘）说，爷爷奶奶有传统的重男轻女、香火观念。娘十月怀胎，生下个女孩，没能如了老人家的愿，他们顿感脸上无光，吐着气呼呼的话，甩手离开医院。这让娘痛不欲生，如芒在背，当时计划生育有政策，生育条件要求严，娘不得已将生下才一天的孩子送给了她远嫁外乡的妹妹。两年后，娘生下一个男孩，不久突发疾病离开人世……"

"嗨嗨，呸呸，晦气！你的故事我不听。"

"可，故事里的男孩是你呀。"

"我？哼，你就瞎编胡扯吧！"

"真的！那男孩是你，那女娃是我呀。当时，为了瞒下这件事，爹娘叮嘱知情的家人咬死口，这个秘密一辈子都不准说出来，回到家和外人说生下的女娃命薄没成人，这一晃，瞒了几十年！"晓丽泪水像断线的珠子，泣不成声。

"这？"

"娘没了，我还小。爹病了，女儿心疼，不能不尽孝啊！"

"我？"

"爹恐怕时日不多，前天留下遗言，你看看吧！"

夏周军接过晓丽递来的遗言，白纸黑字，爹的笔迹，一目了然。

"唉，爹的话，我听。"

"看清了吗？"

"嗯。"

"我不是外人！别再纠结那房产，过去的一切，让它随风去吧！"

晓丽泪花闪闪，接过夏周军手里爹留下的遗言，用力撕成碎片……

圆梦

姗姗来迟的第一场雪，精灵般洋洋洒洒，飘落在王庄村每个人幸福甜蜜的喜悦里。时下虽是严冬，村里的扶贫玩具生产车间却温暖如春。

"看看，这些千姿百态的萌娃娃，哪个最像你？"

"瞧瞧，这些活灵活现的吉祥狗，真惹人喜欢！"

大家彼此分享着开心事其乐融融。这时经理王小聪走过来，大声说："今年'双十一'，咱们圆梦宝贝店网上销售达到一万单，交易额超过一百五十万。昨天又接单三十笔，由于时间紧，任务重，我这才过来和大伙说道说道，能不能在接下来的十天里，每天辛苦加班一个小时？不过，加班工资会双倍发给大家，晚上再免费提供'四菜一汤'，管足饭，行不？"

"呀，行！"

"啊，好！"

这才短短一年间，"扶贫车间＋电商"模式已成为助力农民增收、贫困群众精准脱贫的"新引擎"。

特别是吸纳安置的十六户贫困群众，今年家家都脱了贫。没想到发展这么快，想想自己的创业梦，王小聪唏嘘不止，心生感激、感叹。

这事说来话长，那些个年月里，王小聪家里实在贫困，成绩不错的他放弃继续读书，初中毕业后，就怀揣着梦想，背起简单的行囊，告别父老乡亲，独自一人去京城玩具厂打工。一晃十多年过去了，有技术、懂业务的他不甘再为别人打工，动了心思要创出一番事业。

前年，王小聪回到家乡，信心满满和爹商量回家创业的梦想。谁知刚开口提及回家创业的事，他爹王老汉就连连摇头，死活不答应。

王小聪一脸疑惑，问爹："为啥？您咋给儿子当头浇冷水？"

王老汉一脸苦相，叹着气说："儿啊，有梦想是好事，可创业容易吗？咱这'兔子不拉屎'的偏僻地，回来创业肯定没出路，还是哪来哪回，老老实实待在京城稳妥些。爹劝你就别动啥歪脑筋，做没出息的事了，到时'竹篮打水一场空'，哭爹喊娘都找不着地！爹过的桥都比你走过的路长，听爹的，不会错。"

爹硬生生的话，浇灭了王小聪的梦。王小聪想，爹说的话不无道理，面临的一系列实际困难和问题都是实情，虽然这些年自己在外辛苦打拼，攒下几万元资金，可创业没有可用土地，也缺少建房资金啊。

三天后，乘兴而来的王小聪告别爹娘，纠结无奈，败兴而归。

去年，市里机关单位来乡镇扶贫时，投入援建资金十六万元，在王小聪家的村子建了一处扶贫车间。车间刚建成，憋不住好奇，王老汉就乐悠悠地在扶贫车间整整转了一上午。"这下好了，儿子不是一直想创业吗？这要是把儿子的创业项目放在扶贫车间，不但节约了建设成本，降低了用工费用，还能帮助不少村里和附近村群众就业增收，天大的好事啊！看来这个扶贫车间，一定能圆了俺儿子的梦！"

熟知了相关政策，王老汉饭没顾上吃，连夜就去了京城……

梦在"路上"

    三个月前，乡镇李书记体检时查出患了疾病。几天后，省城医院复查的结果令他措手不及，是两个致命的疾病——脱髓鞘性脊髓炎和动脉夹层破裂症。

    李书记在省城住院期间，他收到办公室转来的滩区田庄村村民联名写给他的亲笔信："……晴天路上一身土，雨天出门两脚泥，我们这个村像飘落的树叶一样，鱼儿离不开水，瓜儿离不开秧，脱贫致富离不开政府的帮助，李书记，您就想点办法，给我们修修路吧……"信中的这些发自肺腑的话，让住院治疗的他再也无心医病，辗转难眠。

    李书记说服家人，恳求医生，如愿提前出院了。出院第二天，他就不顾劳累，强忍病痛，带领乡镇干部深入田庄村，深入群众，脚上沾满泥土，深入调研规划如何修建道路。

    "呀，李书记真来了？"

    "好啊，这下咱村的路有希望了！"

"全村人多少年的梦想，看来要实现了，想不到啊！"

"听说李书记大病未愈，为操心咱村里修路的事，拔下输液的针头，提前出的院。"

"是啊，难得的好干部！脱贫致富有指望了，哈哈。"

一时间，田庄的村头巷尾，热闹如过年。村民们一个个喜笑颜开，纷纷竖起大拇指——点赞！犹如当年支前、送红军，端来茶水、拿出水果，不停地往乡里的干部手里塞。

田庄村修路期间，李书记忍着病痛，几乎天天蹲守在修路一线。这个扶贫攻坚战场上的"硬汉子"，却在身体上服了"软"。陪同的村支书田福贵说："身患重病的李书记，常常控制不住失禁的大小便。担心自己亮了'短'，露了'丑'，我亲眼看见，他多次用绳子把两个裤腿扎起来……"

眼见一条通往村外的柏油路，一天天不断延伸，村民看在眼里，乐在心里，拍着巴掌，叫好声一片："一心为群众，真扶贫，扶真贫，好样的，这样的好干部俺稀罕！"

田庄村的路修通了，村民的脱贫致富梦又近了一大步。庆祝仪式上，欢庆的村民禁不住大声问："这天大的喜事，咋能少了李书记？"

村支书田福贵摆摆手，欲言又止。经不住村民一再追问，他眼含泪花说了一句话："李书记也想来，可他住院了……"